リストランテ アモーレ

井上荒野

ハルキ文庫

JN211203

角川春樹事務所

リストランテ　アモーレ　目次

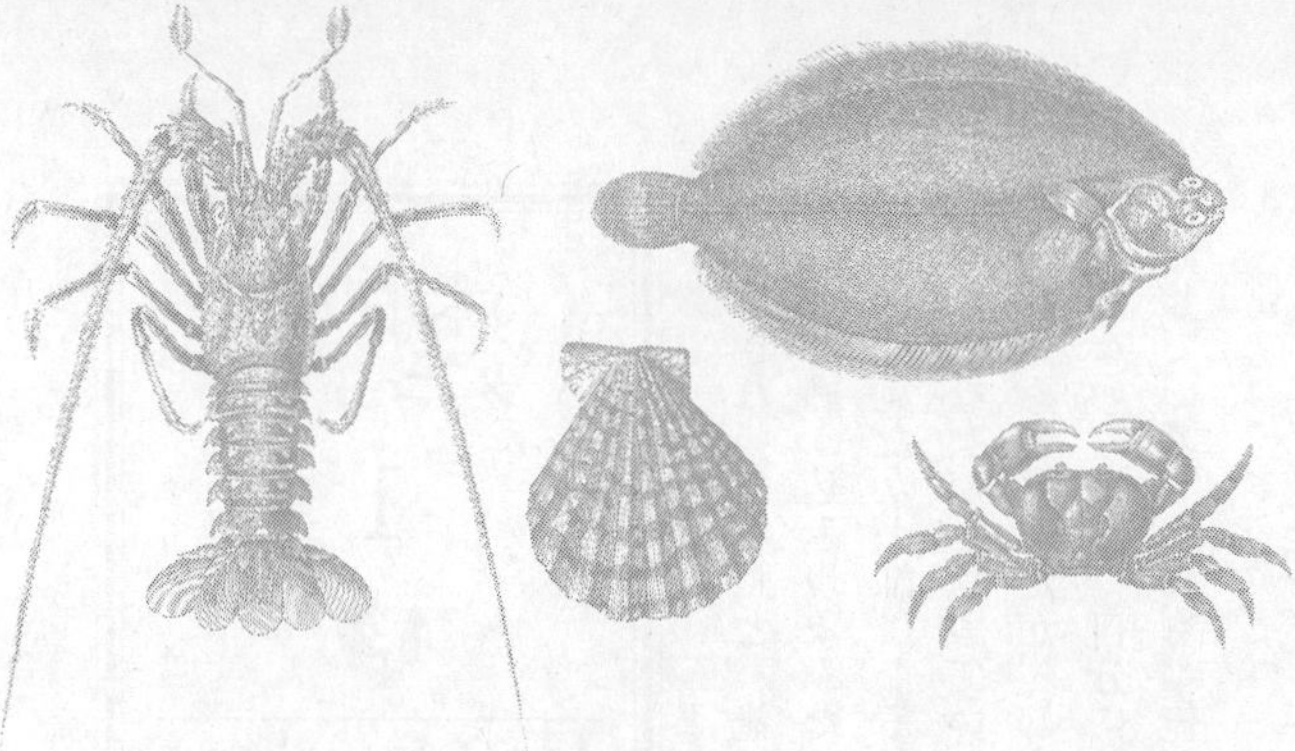

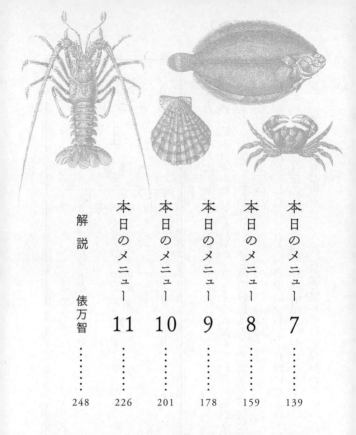

本日のメニュー 1

プンタレッラのサラダ
カリフラワーの赤ワイン煮
蛙《かえる》のフリット
猪《いのしし》のラグーのパスタと白トリュフ
仔牛《こうし》のカツレツ
カスタニャッチォ
罵る女

姉はきれいな女だと、俺はずっと信じていた。

きっと刷り込み現象みたいなものだろう。生まれおちて最初に見た女が母だとすれば、その次に見た女が姉になるわけで、母と姉の容貌はまるで違うが、俺はずっと、ふたりともきれいな女だと思っていた。

刷り込みと言ったが、姉自身は自分の容姿について、自慢にせよ卑下にせよ、口にしたことがない。まるで自分には容姿というものなどないかのごとくだ。その点では母よりも徹底していて、それも、俺が姉をきれいだと思っていた理由のひとつだったのかもしれない。

だが、世間一般的には姉は美女というわけではないらしい。醜くはないが、とりたてて見るべきところもない。そういう評価になるらしい。それを俺に教えたのは、俺がこれまでに付き合ってきた女たちだ。杏二《きょうじ》とお姉さんは全然似ていないね。俺に向かってそう言うときの女たちの上目遣いや、くねくねした動作から、俺は、姉の容姿は俺ほどには人目を引かないらしいということを、知ったのだ。

俺は真っ裸で受話器を取る。

電話は肉屋からで、昨日注文したものはほとんど調達できるという知らせ。ほかに猪肉のいいのが入ったというので、それももらうことにする。

電話を切ってからシャワーを浴び、水道の水を一杯飲んで、クロゼットから新しいパンツを出して穿《は》いた。床で山になっている服の中からデニムを発掘したら、一緒に昨夜穿いていたパンツも出てきたので、それは洗濯機に放り込む。コーヒーメーカーをセットし、玄関に新聞を取りにいき、キッチンの椅子に腰掛けて読んでいたら寒くなってきたので、寝室に戻ってクロゼットからTシャツとシャツを出して着た。クロゼットのドアを閉めるのとほぼ同時に、ベッドの中のなな美《み》ちゃんが、「ううーん」と可愛《かわい》らしい声を上げて姿勢を変えた。

「おはよう」

俺は彼女に微笑《ほほえ》みかけた。

「コーヒー入ってるよ」

「うーん」

なな美ちゃんは寝返りを打ち、俺のほうを向いた。毛布からはみ出した足先が俺の腿《もも》にちょっと触れたが、目は閉じたままだ。まだ起きあがるつもりはないらしい。俺はキッチンに戻った。

コーヒーを飲み、バゲットをちょっと温めて、茄子《なす》のペーストをのせて食べた。ペーストは昨日店で出した残りだが、まだじゅうぶんに旨《うま》かった。リンゴもむいた。紅玉だ。紅玉はこの季節にしか食べられないし、俺はリンゴの中で紅玉がいちばん好きだ。

「おーい、リンゴむいたぞ」

なな美ちゃんの返事はない。だが、目は覚めているんだろうなと俺は思う。覚めているのにベッドから出てこないのは、俺の部屋を出ていく前にもう一回セックスしたいからだろう。

「おーい、リンゴー」

とりあえずもう一度呼ぶ。なな美ちゃんにこっちに来てほしいのは、俺は今朝はもう、あんまりやる気がないからだ。そして、二十八歳の健康な青年である俺が、裸でベッドで待っているぴちぴちの女に対してやる気が出ないのは、彼女にもう飽きちまったんだろうなあ、と考える。

店までは自転車通勤だ。

公園の中を通っていく。

十月。晴天。午後一時。からりとした空気。ペダルを踏み込むたびに新しい空気が俺の中に取り込まれ、古い――そしてたぶん悪い――空気が出ていく。毎日、俺は浄化される。だから俺はいつでも元気で、機嫌がいい。

池の畔《ほとり》のベンチに、子供を連れた女たちが座っている。三つのベンチに五人の女、ベンチと池の間をちょこまかと走りまわっている子供は六人。いつも思うが、鳥とか小動物の群れみたいだ。女たちの中のふたりが俺に向かって手を振ったので――なぜそのふたりかというのは、俺との関係故ではなく、たぶん彼女たちの中の関係性によるものだ――、俺も通り過ぎざま、手を振り返す。だあれー？　背中に子供の声が聞こえる。いつも同じ子供なのか、違う子供なのかわからないが（俺には子供の声がさっぱり聞き分けられないし、顔も覚えられない）、毎日俺は「だあれー？」と言われる。公園のママたちにとって俺はそういう男なわけだが、自分がそういう男であることが、紅玉と同じくらい俺は好きだ。

店には姉の偲《しのぶ》のほうが先に来ている。カウンターを拭きながら顔を上げずに、おはよー、と言う。おはよー。俺も返して、素早く姉を観察した。

顎のラインで切り揃《そろ》えた髪は、まだ伸びすぎてはいない。眉と唇だけの薄化粧。背が高くて、ひょろりとではなくくっきりと痩せている。エプロンの下は、ふわふわしたラベンダー色のカーディガン。白いTシャツ。チャコールグレーの膝丈のパンツ。カーディガンより少し濃い色のバレエシューズ。とりたててファッショナブルというわけではないが、感じのいい出で立《い》ちだ。ただパンツの下に黒いタイツを穿いているのが色っぽくない。男というものは黒タイツが好きじゃないと、どうして世の中の女たちは言っても言っても聞く耳を持たないのだろう。

姉がぱっと顔を上げたので、もろに目が合ってしまった。

「いいね、そのカーディガン」

ほめてやると、

「そう?」

と姉は気のない返事をしたが、そのじつ気をよくしていることがわかる。しかしそれから姉は、何かを思い出したように眉をひそめた。

「杏《きょう》ちゃん、あんたネット見た?」

まったく曖昧な質問だったが、とりあえず俺は「いや」と答えた。

「ひっどいことになってるわ」

カウンターの端に置いてあったノートパソコンを姉は開いて、見せられたのはグルメサイトだった。この種のサイトは飲食店のガイドとして利用者が好き勝手に評価を書き込めるようになっていて、こちらの意思はお構いなしに店の紹介ページが作られてしまう。俺は一度か二度それを見て、俺たちの店には概《おおむ》ね悪くないコメントが並んではいたのだが、それでも何となくげんなりして、以後は見るのをやめてしまった。姉は定期的にチェックしていたらしい。ひっどいことになっているのは、最新の書き込みだった。

「こちらのサイトでの評価が高いお店だったので、行ってみました。

たいへん失望いたしました。

カウンターだけしかないので、ゆっくりお食事するのは無理。お店がひどく狭いので、ほかのお客さんの会話がはっきり聞こえてきます。

ここはそういうお店だと、割り切って（期待して）来ているお客が多いようです。申し訳ないですが、客質が悪いです。シェフの人柄によるところが大きいと思います。イケメンなのをいいことに、やりたい放題。料理をしている時間より女性客といちゃいちゃしている時間のほうが長いです。

サービス係の女性は、シェフのお姉さんらしいのですが、弟の暴走を止めるどころか、一緒になって笑っている始末。まあ、こんな狭苦しい、お世辞にもきれいとはいえないお店が、そこそこ繁盛しているのは弟の〈営業〉力によるものに違いありませんから、無理もないのかもしれません。こうやって実情を知ってしまうと、このサイトでの高評価も、ヤラセの匂いが……。あの程度の男の言いなりになる女ってなんなんでしょうね。

とにかく、私はもう二度とこのお店には行きません。

P・Sお料理の味はふつうです」

評価の星印はもちろん最低の一個、コメンテーターのハンドルネームはルビー、書き込みの日付は一昨日の夜になっている。

「ありゃまあ」

と俺は感想を述べた。姉の顔を窺《うかが》うと、まったく不満そうだったので、

「このP・Sお料理の味はふつうです、っていうの、なんかかわいいね」

と付け加えた。姉は芝居がかった溜息《ためいき》を吐《つ》く。芝居がかるのが好きなのだ。

「誰なの？　これ」

「わかんないなあ」

「考えなさいよ。あんた関係の女だっていうのは間違いないんだから」

「わかったとして、どうすんの」

「なんとかしてよ。撤回させて」

「いいじゃんこんなのべつに。ほっとこうよ」

「だめ。こういうサイトの評判って大事なんだから」

俺は姉をまじまじと見た。姉はしばらく堪《こら》えていたが、とうとうくすりと笑った。大事

だなんてちっとも思っちゃいないのだ。

俺が厨房《ちゅうぼう》に入って仕事に取りかかると、姉は掃除の続きに戻った。フォカッチャの粉を捏《こ》ねていると、おもてを掃いている姉の鼻歌が、窓の外から聞こえてくる。

黒い瞳の　若者が
私の心を　とりこにした……

この歌は母親もよく歌っていたなと俺は思う。だが、それ以上はあまり考えないようにする。悲しくなるからだ。母親は半年前に死んでしまった。心臓発作で、あっという間だった。姉がいい姉であるように、母親も、いい母親だった。俺は悲しくなるのがきらいだ。

業者のトラックが着き、姉が荷物を受け取って持ってきた。肉だ。姉とともに検分する。鶏、骨付きの仔牛、それに猪。猪はピンク。最高にセクシーな色。

「うまっそー」

俺が唸《うな》ると、

「いいじゃない」

と姉も同意を示してから、

「生で食べちゃだめよ」

と笑った。俺の唸り声が、いかにも飢えてる感じだったのだろう。

実際、俺は腹が減っていた。食い物ではなく女の問題だ。今朝、しなかったせいだ。

そこで俺ははっと気づいた。したんだったた。しないとなな美ちゃんが帰ってくれそうもないので、さくっとしたんだった。やっぱりああいうことは、さくっとするもんじゃないよなと反省する。

どうしておなかが　へるのかな
けんかをすると　へるのかな
なかよししてても　へるもんな……

肉を冷蔵庫にしまいながら、俺は鼻歌を歌ったらしい。姉が通り過ぎざま「その歌、好きね」と呟《つぶや》いた。

俺が日本での修業時代を終えて、自分の店を持つことになったとき、店名を考えるにあたって、俺と姉の意見が一致したのは「シンプル」ということだった。凝らない。カッコつけない。単純明快なものにする。

俺たちの姓は瀬尾《せお》という。だから俺は「セオ」でいいんじゃないかと言った。あるいはちょっとひねって「セ・オ」とか「セーオ」とか。だが姉から却下された。もう少しだけ真面目に考えるべきよ、と。姉は俺より「もう少しだけ真面目」なのだ。俺たちの間では、まあ、そういうことになっている。俺に異論がないわけではないが——このことを突き詰めると、俺は「真面目」について熟考せざるを得なくなる。

「肉」っていうのはどうかしら、と姉は言った。つまり「カルネ」だ。あんまりあからさまじゃないかな。俺は言った。それよりは「愛」がましだよ、と。そっちのほうがあからさまだわ。姉は言った。俺たちはしばらく——白ワインをグラス三杯ずつ飲み、試食用にとインポーターが置いていったサルシッチャを平らげてしまう間——議論した。そうして結局「愛」が「肉」に勝った。

俺たちの店の名は「アモーレ」だ。

目黒の駅から少し離れた路地の、五坪しかない小さなリストランテ。ルビーちゃんとやらがグルメサイトに書いていた通り、壁と厨房に沿ったカウンターの九席だけの、狭い店だ。だが旨いものが食えることは、保証する。なぜならこの俺が作るからだ。

午後七時半、最初の客がやってきた。予約があった四人——四十代くらいの男女二組。彼らがメインに選んだ仔牛のカツレツを食べはじめた頃、沙世《さよ》ちゃんと石橋《いしばし》さんのカップルが来て、それから間もなく、初子《はつこ》ちゃんがあらわれた。夜がはじまったなと俺が感じるのは、この頃からだ。このあとなな美ちゃんもまた来るかもしれないな、と考える。女というのは、こっちが飽きてくると熱心になるもので、その法則にほとんどすべての女が易々《やすやす》と従ってしまうという事実が、俺は不思議で仕方がない。

「これ、なんていう野菜だっけ」

沙世ちゃんが石橋さんに聞いている。そのじつ、俺と話したがっているというのがわかるから、俺は四人組のためのデザートを用意しながら、「プンタレッラ」と教えてやる。狭い店のいいところは、大きな声を出したり体をわざわざ移動させなくても、店中の客と会話できるところだ。

「そうそう、プンタレッラ。何度教えてもらっても、忘れちゃうのよね」

沙世ちゃんは大きなアーモンド形の眼《め》をした可愛い娘《こ》だ。コンタクトレンズメーカーに勤めている。

「じゃあ僕がプンタを覚えるから、沙世ちゃんがレッラを覚えなよ」

とバカなことを言っている石橋さんは、沙世ちゃんの一・五倍ほどの年回りの、沙世ちゃんの上司だ。奥さんと八歳になる娘がいるらしい。それを俺に教えてくれたのは石橋さんではなくて沙世ちゃんで、私彼とは仲がいいだけで寝たりとかしてないのよともそのときに言ったが、嘘《うそ》であるのはあきらかだ。

「これから僕をプンタと呼んでくれよ。僕は沙世ちゃんをレッラと呼ぶから」

「ははは」

と笑ったのは沙世ちゃんではなくて姉だった。面白がっているのではなく、呆《あき》れていることが店にいる全員にわかってしまう笑いかただった。姉は、自分で思っているほどには接客業に向いていない。

「そういや、ひどいこと書かれてたな」

石橋さんはグルメサイトの話をはじめる。自分の店でもないのに、よくまあマメにチェックしているものだと感心しながら、俺は適当に相槌《あいづち》を打った。

「ああいうのって、反論とかできないわけ」

「できないんじゃないの」

「なんか店っていうより、ほとんど杏ちゃんの悪評だったけどな」

「だねえ」

「でも案外、宣伝になるんじゃないの、逆に。どれほどのイケメンか、見にいってみようっていう気になる人もいるんじゃない」

「だといいけどねえ」

「石橋さん、声が大きいよ」

沙世ちゃんが苦笑しながら、俺が言いたかったことを言ってくれた。そろそろ食事を終える予約の四人組が、順番にちらりちらりと俺の顔を盗み見ている。

「初子ちゃん、蛙食う？」

ずっとほったらかしだった初子ちゃんに俺は声をかけた。この娘はいつでもひとりで来る。ちっぽけな頭に張りつくようなショートカットの、小柄な娘で、何となくクリスマスケーキの上の小さな飾りの人形——トナカイとか、ウサギとか——を連想させる。あまり社交的なほうではないらしく、会話も少ないが、だからといってほったらかしていいということはない。

「食う」

と初子ちゃんはぼそっと答えてから、ちょっと慌てた様子で、

「食べる」

と言い直した。その様子がかわいかったので俺は嬉《うれ》しくなる。俺は、女がかわいくなるのが好きだ。

「沙世ちゃんも食う？」

食う食うー、と沙世ちゃんがノリ良く答え、なんだよーなんで俺には聞いてくんないんだよー、と石橋さんが――まあ、こちらもある意味ではノリよく――口を尖《とが》らせた。

俺は蛙の腿にセモリナ粉をはたいて、揚げはじめる。蛙はイタリアでは高級食材だ。鶏に似た風味だが、口当たりは鶏より軽く、味は鶏よりも濃い。ようするにすこぶる旨い。ピエモンテのリストランテを手伝っていたとき、女シェフと一緒に蛙狩りをしたものだった。蛙は鮮度が命だから、こうしておくと生きたままとっておけるのよといって、獲物の足を無雑作に折ってはカゴに放り込んでいた金髪女のことを懐かしく思い出す。

旨いものを作っていると、俺は幸福になる。そして腹が減ってくる。この空腹はさっきのとは違う、実質的なものだ。結局のところ俺はたいていいつも腹を空《す》かせているのかもしれない。

その日、なな美ちゃんはあらわれなかった。

そのかわりに、いったん石橋さんと一緒に帰ったはずの沙世ちゃんがひとりで戻ってきた。

沙世ちゃんの肌は、眠り込んでもまだ熱いままだった。

俺は自分の冷たい鼻先を彼女の肩にくっつけて温めてから、ベッドを抜け出した。

デニムとTシャツの上にジャンパーを羽織って、部屋の外に出た。

俺の部屋は三階にあり、その上には屋上がある。屋上はマンション住人の共有スペースということになっているが、俺が知るかぎり、ここを利用しているのは俺だけだ——俺が屋上でしかできないこと、またはそれに類することを、ほかのみんなはいったいどこでやっているのだろう。

屋上からは線路が見える。その向こうに街。目黒川が流れていて、ささやかな緑もある。

穏やかな街だ。午前三時の今は、線路と川は、瞬《また》く灯《あか》りの内側に沈んでいる。

もう結構な寒さだ。俺は金網から離れて、何もない屋上の真ん中に、何かの言い訳みたいにぽつんと置かれているソファに座った。雨ざらしになってひどい有様になっている革張りのソファだが、雨のあとでなければ、いちおう座れる。

携帯電話を取りだして、いつもの番号にかけた。

「おはよう」

やさしくて微《かす》かに皮肉っぽいMの声が応じた。

「起こしちゃったかな」

「言ったでしょ？　私は二十四時間営業だって」

「でも眠そうな声だよ」

「そう聞こえるのなら私もまだまだ修行が足りないわね。誘ってたのに」

俺は笑った。

「何があったの？」

しばらくしてからMはそう聞いた。Mはとても敏感だ。

「腹減っちゃってさ」

「あら、まあ」

今度はMが笑った。

「じゃあ、何か食べる？」

俺はどきりとした――じつのところ、Mに電話をかけるときは、胸の鼓動はいつでもいくらか速いのだが。

「今日は積極的なんだね」

「私はいつも積極的よ」

俺はしばらく考えた——俺も積極的になるべきかどうか。いつも考えるのだ。

「楽しみはあとにとっとく」

結局俺はそう言った。いつも同じこの科白《せりふ》を言うことになるので、呪文みたいに響く。Mの小さな色っぽい溜息が聞こえた。

「今、何が見える」

俺は聞く。コーヒーカップ、とMは答える。

「どんなカップ？」

「ものすごい青い色」

「ものすごいんだ」

「孔雀《くじゃく》の羽の、先っぽの丸い飾りみたいなところあるでしょう？　あんな色」

「コーヒーは入ってる？」

「お水が入ってるわ。さっき汲《く》んできたばかりなの。まだつめたあああいわよ」

そこでMはくすっと笑った。自分の演技にちょっと照れたのだろう。Mはプロフェッショナルであることは間違いないが、ときどきこういう隙を見せる。そこを含めてプロフェッショナルなのかもしれないが。

「笑っちゃだめだよ」

俺は、Mの「つめたあああい」と釣り合うように、セクシーな声を演出して囁《ささや》いた。それから目を閉じ、俺には決して触れることができない、ものすごい青と、水の冷たさとを、想像した。

「わかったよ」

翌日、店に出るとすぐ、俺は姉に言った。ナプキン――〝アモーレ〟のテーマカラーである、深紅の麻の――にアイロンをかけていた姉は、怪訝《けげん》そうに顔を上げる。昨日、俺にやいやい言った件は、まったくこの姉らしく、もう念頭から消えていたらしい。

「沙世ちゃんだと思うよ、あの書き込み」

「やだ。そうなの？」

姉はあらためて眉をひそめた。

「どうしてわかったの？」

「んー、昨日寝たら、何となく」

「寝たの？」

姉は目を剝《む》いてみせる。実際のところ、多少驚いているようだ。

「寝たのは、わかる前だよ。公園の入口で待ち伏せてんだもん、連れて帰るしかないじゃん」

「ていうか、杏ちゃん、あんた」

昨日がはじめてじゃないのね、と姉は言い、俺は頷《うなず》いた。まあったくもう。姉がアイロンをナプキンに押しつけると、効果音みたいにシュ一ッと蒸気が上がる。

「石橋さんに悪いとか、思わないの？」

「だってしょうがないじゃん、こういうことはさ」

俺の一存でどうにかなることじゃなし。俺が言うと、寝たのはあんたの一存でしょう、と姉は言い返した。俺の一存じゃないよ、俺と沙世ちゃんの二存だよ。

「で、何でわかったの？」

「だから何となくだって。わかるんだよ、こういうことは」

「まあ、そうなんでしょうね」

姉が納得したようだったので、俺はプティナイフを取って、栗の鬼皮に切れ目を入れる作業にかかった。

「どうするの？」

「どうしよっかなあ」

ナイフの根元を栗の頭のほうに差し込み、ぐっと押して切り込みを入れる。同じ力をかけても浅い切れ込みしか入らない栗と、実のほうまで切れてしまう栗がある。

「あんたの体でだまらせるしかないわね」

慎重な手つきでナプキンに折り目をつけながら姉は言い、「あんたが思ってるような意味じゃないわよ」と付け加えた。

「あんたが普段使わない体を使う、っていう意味よ。つまり、お付き合いするのよ」

「お付き合い、してるじゃん、もう」

「そういうお付き合いじゃなくて、健全なお付き合いよ」

「たとえば？」

「たとえば……そうねえ。公園でデートするとか。遊園地もいいわね。ポイントは昼間に会うってところと、お酒抜きってところ。ほかの女の子たちと、差別化をはかるのよ」

「痛っ」

生き生きと邪《よこしま》な姉の表情に見ほれていたら、指を切ってしまった。俺は姉の言う通りにすることにした。やってやれないことではないと思ったし、姉に生き生きしてもらうことは、俺の人生のテーマのひとつであるからだ。

しかし、その、健全な、昼間の、酒抜きのデートに、俺は失敗した——と思う。なぜなら泣かれてしまったからだ。

俺としてはベストを尽くした。姉と話した翌週の日曜日——アモーレは日曜日が定休だ——を沙世ちゃんのために空け、彼女の希望で庭園美術館へ行った。

「中世の水墨画展」というのをやっていたので鑑賞し、明治通りをぶらぶら歩いて、昼飯はハンバーガーを食った。ファストフードではなくて、俺の知り合いがやっている、旨い店だ。知り合いに会わせる、ということでもポイントを稼いだつもりだ。それからさらに六本木ヒルズまで歩き、沙世ちゃんのショッピングに付き合った。鮮やかな山吹色のスカートを穿いて試着室から出てきた沙世ちゃんを、俺はたっぷりほめてやったし、彼女がそれを包んでもらっている間にビーズのブレスレットを選んで、プレゼントもした。

沙世ちゃんが泣いたのは、ショッピングを終え、カフェのテラス席に座っているときだった。午後四時過ぎ。俺はビール、沙世ちゃんはカンパリ・ソーダを飲んでいたから、この時点で「酒抜き」ではなくなってしまったわけだが、それは問題ではないだろう。じつのところ、俺はデートが首尾良くいったものと信じていて、気分も良くて、また沙世ちゃんと寝たいような気もしていて、だからこのあとはどこかで旨いものを食って、本格的にアルコールを摂取して、沙世ちゃんと一緒に部屋に帰ろう、という予定をたてていたのだ。

それなのに、沙世ちゃんは泣き出した。突然だった。会話の流れとは関係ない。もちろん俺はグルメサイトの件などおくびにも出さなかったし、石橋さんの話もしなかった。じゃあ何を話していたのかといえば、あまり覚えていないのだが、話は弾んでいたはずだ。当たり障りのない話を弾ませるのが俺は得意なのだ。沙世ちゃんは楽しそうにくすくす笑い、俺もはははっと笑い、ビールを飲み干し、顔を戻すと、沙世ちゃんは両手を顔にあてて泣いていた。

もう、いい。よくわかった。もう、無理。それが沙世ちゃんが両手の間から発した言葉のすべてで、俺の問いかけにはいっさい答えず、タクシーで帰ると言うので乗り場まで送っていく間も、ずっと同じ調子だった。

「あーあーあー」

というのが、俺から話を聞いた姉の反応だった。気の毒そうな顔をしてみせた――彼女が気の毒がっていたのは俺なのか、沙世ちゃんなのか、俺にはわからなかったのだが。

とはいえ、この件はある意味では成功したとも言える。例のサイトの書き込みは、そのあとすぐに消えたからだ。姉によれば、俺が沙世ちゃんを泣かせた日の夜には、書き込みが削除されていることが確認できたらしい。ってことはやっぱり沙世ちゃんだったと考えていいのかしらね。姉は物思う顔で言った。それは間違いないだろうと俺は思う。あれを書いたのは自分だと、沙世ちゃんは俺に知らせたかったのだろう。あのデートの日、俺はそれを聞いたほうがよかったのかもしれない。ハンドルネームの「ルビー」の謂《い》われなんかを、彼女に話させてやるべきだったのかもしれない。

カリフラワーを大きいまま、赤ワインとアンチョビとともに炊くと、ごく簡単に、旨い前菜ができあがる。

石橋さんはスプマンテを飲みながら、それをひとりで食べている。

「ちょっと社内で噂《うわさ》になっちゃってさ。これからは少し慎重になることにしたんだ」

それが、今夜沙世ちゃんと一緒に来なかったことへの彼の説明だった。

「でも僕はこの店が好きだから、ひとりでも来るよ。彼女もそうするんじゃないかな。僕と彼女はまだ親友だから、偶然ここで会ったら、そのときは仲良く食事をするよ」

矛盾と穴だらけの説明だと思ったが、俺も姉も神妙な顔で聞いていた。ようするに沙世ちゃんは石橋さんと別れたのだろう。百パーセント俺のせいかどうかはわからないが、俺に無関係ということはないだろう。あかるい口調とは裏腹に全身から悲哀を漂わせている石橋さんに、俺は心の中で「ごめんなさい」と謝った。姉に言った通り、この種のことは仕方がないというのが俺の考えではあるが、だからといって胸が痛まないということもない。石橋さんはああ言ったけど、沙世ちゃんはもうここへは来ないかもしれない。そのことも俺は少しさびしい。

今日は猪肉で作ったラグーソースがある。俺はそれでタリアテッレを和《あ》え、上に白トリュフを削ってどっさりのせて、石橋さんの前に置いた。

「初子ちゃんも食う？」

「食べる」

今日は初子ちゃんは上手に答えた。それはそれで可愛くて、少しさびしい俺の心に、初子ちゃんは旨いラグーソースみたいに染み込んでいく。

本日のメニュー 2

鮪《まぐろ》のカルパッチョ
ウイキョウのサラダ
毛蟹《けがに》のリングイネ
ポルチーニのリゾット
平目のグリル
リンゴのトルタ
ひみつが多い女

私はひみつが多い女だ。

これは奇妙なことかもしれない。客観的に見て、私ほどひみつが似合わない女はいないだろうから。もちろん、私はうまくやりおおせている、ということでもある。

朝十時、私は片手に大きなザルを持ち、勝手口から外に出て、忍び足で隣家に向かう。これは私のひみつとは関係ない――一種のご近所付き合いだ。

隣家の駐車場には真っ赤なＢＭＷが停《と》まっていて、その横で野良猫たちが朝食を食べている。お隣の家に住むひとがいなくなり古い大きな家が取り壊されて、そのあとに小さな家が二軒建って、そのうちの一軒にこの春越してきた奥さんが野良猫に餌をやるようになり、そのこと自体にどうこう言うつもりはないのだけれど、最近あきらかに野良猫の数が増えてきたので、私は雌猫を捕まえて避妊手術を受けさせる計画を立てている。

私は、一番手前にいる白黒の猫に目星をつけた。この一週間ばかりひそかな観察を続けていたから、あの子が雌だということはほぼ間違いない。もちろんほかにも雌猫はいるだろうけれど、諸条件を考えれば、一度に一匹が限度だ。まずはこの子。ザルを構えながら、じわじわと近づいていく。そのとき私は、はっと気がついた。

ザルを首尾よくあの子にかぶせたとして、そのあと家までどうやって連れて帰ろう？　抱き上げるなんて無理に決まっているし、まさかザルごと地面を引きずっていくわけにもいかないし。考えているうちに、その家の庭に面した掃き出し窓ががらりと開いた。私は慌ててザルを体の後ろに隠した。

「おはようございます」

まだ二十代に見える、可愛らしい奥さんが顔を出して、私に向かってにこやかに挨拶した。

「なんだか、猫、増えちゃって」

「そうですねえ」

私もにこやかに頷いた。

「でも、見てると飽きないですよね。どの子も可愛くって」

そう言う奥さんは、きっと私が彼女と同じくらい猫好きで、猫を見学に来ているのだとばかり思っているのだろう。もちろん私は猫が好きだ。たぶん、この奥さんと同じくらい。でも、この世には、というかこの近所には、猫がそう好きではないひとたちもいて、そういうひとたちに猫が疎《うと》んじられるのがいやだから、なるべく増やさないようにしたい。その考えを表明するなら今だと思ったが、情けないことに私の口から出てきたのは、あいかわらず「そうですねえ」だけだった。

「そういえばお宅の弟さん、シェフだって聞いたんですけどー」

話題が変わってしまった。ええ、と私はニッコリ頷く。

「今度、お店に行きますね」

ぜひ。私は答えて、奥さんがにこやかに家の中に引っ込むのを待ってから――でないと、ザルの説明をしなければならないから――とぼとぼと家に戻った。

ひとりで住むには広すぎて、たぶん古すぎもする家に、私はひとりで暮らしている。もともとは母の実家だったのだが、私も弟の杏二もこの家で生まれた。祖母、祖父、弟、母の順番でいなくなり、今は私ひとり（原則的には。ちなみに、この順番に父が入っていないのは、どこに入れていいかわからないから）。

午前中の残りは、おもに掃除をして過ごした。やたら散らかっていたし、家の中にあるべきものとそうでないものをはっきりさせておく必要があったからだ。それから出勤のための身支度をし、朝昼兼用の軽い食事を作った。今日は野菜を大きめに切ったミネストローネとバゲット。もちろん弟にはかなわないが、門前の小僧で、自分を失望させない程度の料理は私も作ることができる。食べ終わり、歯を磨き、廊下の奥の、かつて祖父の書斎だった部屋のドアを開けた。

中庭に面した出窓があるが、厚いカーテンが閉まったままなので、部屋の中は薄暗い。二体の大きな動物みたいに見えるのは、書き物机と窓の下の寝椅子。その寝椅子の上の影がもぞもぞと動いた。

「私、もう店に行くわね」

唸《うな》り声が返ってくる。

「ミネストローネ、作ってあるから。温めて食べてね。家から出るときは鍵をちゃんとかけて。そのまま帰るんだったら、鍵はポストにね」

また唸り声。私はドアを閉めた。

これが私のひみつその一だ。

生まれてくる子供には、庭にある木にちなんだ名前をつけようと、両親は決めていたそうだ。

杏二の名前はそうだ（うちの庭には杏の木が二本ある）。でも、それより四年先に生まれた私の名前は偲。うちの庭には（たぶん日本中どこを探しても）、偲なんて木はない。父が突然考えを変えて、偲という名前を提案し、この名前以外にないと言い張ったらしい。

偲、まあ、悪くない名前ではあるわよね。

あるとき母が私にそう言った。去年の、母の誕生日のことだった。「アモーレ」でささやかなお祝いをしたときのこと。一般のお客さんも入れていたから、杏二は厨房《ちゅうぼう》で忙しくしていたが、私はそのとき母の隣に座っていた。

母は——お酒に強い人ではあったのだが——普段より速いペースで飲んでいて、少し酔っぱらっていた。今思えば、酔っぱらったふりをしていたのかもしれない。今日こそはこのことを打ち明けようと、あらかじめ決めていたのかもしれないし、あるいはあの日何かのきっかけで、突然その衝動が抑えられなくなったのかもしれない。

偲っていうのはね、お父さんの当時のカノジョの名前だったのよ。ははは。ひどいわよねえ。

「彼女」を片仮名の「カノジョ」的に、軽い調子で母は発声した。実際、父は「彼女」をとっかえひっかえしていたから、ひとりひとりの存在感は軽かったとも言える。

はじめての子供にその名前をつけたのは、偲さんが父にとってスペシャルだったからではなくて、どの「彼女」もある瞬間には父のスペシャルで、たまたまそのピークの時期に、私は生まれてきたのだろう。そうして、父は偲さんのことがすっかりどうでもよくなった頃に、母に告白したのだろう、と私は考えている。

いずれにしても、私の父はそういう男で、私の母はそういう女だ、ということだ。杏二はこの話を知らない。母が杏二の耳にまでは入れようとしなかったのは、幸いだった。彼はますます父をきらいになるところだった。


今日の仕入れは魚介類が豊富だ。

「蟹はやっぱ、パスタだね」

杏二は言い、「いいわね」という私の返事をたしかめてから、手元に広げたノートに書きつける。

「平目はどうすっかな。グリルで食ってもらいたいところだよな」

「そうね」

こういうやりとりを私たちは「メニューの相談」と呼んでいるのだが、ようするに杏二が提案し、私が頷くというだけのこと。ときどきは「ちょっと退屈ね」とか「なんだかぴりっとしないわね」とか言うこともあるけれど、本当にそう思っているからというよりは、弟を退屈させないため、いつでもぴりっとさせておくための、香辛料みたいなものだ。

高校生の頃の杏二は悪くて、家にはほとんど寄りつかず、とうとうまったく帰ってこなくなったと思っていたら、住み込みで働きはじめていた。その職場が、イタリアンレストランだった。なりゆきだよ、と弟は言う。家にいるときも自分で料理をするようなことはとくになかった。でも、彼には間違いなく、センス――必ずしも、料理の、というわけではなく、人生の様々な局面で有効なもの――がある。彼はそれを父から受け継ぎ、甘やかな顔立ちを母親から受け継いだ。

私はどちらの恩恵も受けなかった。そのかわり、弟を補佐――これもやっぱり、あらゆる局面で――する役目を得た。この事実に私は納得している。この点で私は母に似ている(母も納得するのが得意だった)。そうして、杏二に対する私の今の立場は、父に対する母のそれと同じようなものかもしれない、とときどき考える。母と違うのは、杏二が私の弟であって、夫でも恋人でもないことで、それは大いなる幸いであるわけだが。

「どうしておなかが　へるのかな……」

いつもの歌を歌いながら、杏二は蟹のソースを作りはじめる。

今は毛蟹の殻とみそとを炒《いた》めている。焦げつかせないようにゆっくり、味がじゅうぶんに引き出されるように、丁寧に。

私は杏二のノートから、今夜のメニューを黒板に書き写していた――弟の筆跡は、小学校三年生のときから成長が止まっている――が、気がつくと弟に見入っている。指の一本一本がそれぞれの役割を過不足なく果たしている手、習熟した慎重さ、と言うべきその動き、鼻歌を歌っているにもかかわらず、滑稽なほど真剣な顔。

弟のこういう姿を見るにつけ、私は、弟を男として愛さなければならない女たちのことが心底気の毒になる。きっととんでもなく幸せになるだろう。でも、とんでもない幸せは往々にして、とんでもない悲しみとセットになっているものだからだ。

一方で私は、妙な気分にもなってくる。もちろん、弟に対して妙な感情を持っているということではない。ただ私のその方面の経験は、ゼロではないにしろかなり乏しい。弟というドアの向こうに、私が知らない世界が広がっているのを感じる。瓶からこぼれて艶《なま》めかしく床に広がっていく虹色の液体みたいに。

「んー」

ソースの味見をした杏二は、まったくもって腹立たしいほど艶めかしい表情で唸った。小皿に注《つ》いで、私に差し出す。そのときには、獲《と》ってきたクワガタを見せびらかす弟の顔が混じっているのだが。

「いいわね」

まったくもって私には、それしか返す言葉がない。

午後九時過ぎ、入ってきたのは沙世ちゃんだった。

「こんばんは」

私に向かって朗らかに笑いかけるので、「こんばんは」と私も同じ笑顔を返す。

「久しぶり」

沙世ちゃんは杏二にはそう言った――いっそうの朗らかさで。「おう。元気だった？」と杏二は応じる。まったく平静に見えるが、実際のところこの弟は、グルメサイトで中傷されて関係を修復するためにデートしたら泣かれて、そのあとぷっつり店に来なくなっていた女が三週間後に再びあらわれても、平静なのだろうと私は思う。

沙世ちゃんは厨房に――つまり杏二に――面したカウンターに座り、その隣に、彼女の連れの男性が座った。もちろん石橋さんではない。年齢的には彼よりずっと沙世ちゃんに似合った年頃の、育ちのよさそうな青年だ。

「お腹《なか》が空《す》いたなあ」

その青年が発した言葉が、タイミング的にというかこの場の空気的に、ぽっかりと宙に浮かんだ。その時点で彼らのほかに三人の客がいた――初子ちゃん、一見《いちげん》の女性の二人連れ。沙世ちゃんと杏二の間にあったことを知っているはずもないのに――まあ常連である初子ちゃんはある程度推測しているかもしれないが――三人はわざわざ首を回して、あっけらかんと無遠慮に、まじまじと青年を眺めた。

「たくさん食べてください」

仕方なく私が、とっておきのサポートスマイル――または姉的スマイル――で、青年に微笑みかけた。杏二がちらっと私を見てから、青年にとも沙世ちゃんにともなく、「同じ会社？」と聞く。

「あ、紹介しますね」

　青年より先に沙世ちゃんが言った。

「こちら真行寺《しんぎょうじ》くん。会社の同期なの。真行寺くん、こちらはシェフの杏二さんとお姉さんの偲さん」

「ども。よろしく」

　彼が揚げるフリットの衣のような軽さで杏二が会釈《えしゃく》し、「よろしく」と私も小首を傾《かし》げた。

「はじめまして。同期と言っても諸事情ありまして、伊藤《いとう》さんより二歳上です。二歳上なのに、伊藤さんのパシリやってます」

　真行寺くんは見た目通りに、素直で人懐こい性格（そしてもしかしたら石橋さんと同じく、脳天気）であるようだった。とにかくこの夜は、こんなふうにしてはじまった。

「それ、なんすか」

　さっそく真行寺くんが聞く。杏二はナイフを動かす手を休めずに「ウイキョウ」と答える。

「ウイキョウのサラダ、食ってみる？」

　杏二はこれを真行寺くんではなく、ナイフを止めて、沙世ちゃんのほうを見ながら聞く。

そういうやりようはこの弟にとっては、きっと文字通り呼吸みたいなものなのだ。グラタンにしてもうまいよ。杏二はそう続け、結局このカップルは両方食べることに決めた。前菜にサラダを。平目のグリルの付け合わせにグラタンを。

「おいしーい。これ、まじやばい」

声を上げたのは女性二人連れの片方。どちらも三十代半ば（私より少し上くらい）で、髪型も化粧も洋服も、今様に抜かりなく整えている。

「ほんっとおいしい。生涯ベストパスタ」

もうひとりのほうがはっきりと杏二に向かってそう言い、杏二は「ありがとうございます」と応じた――幾分素っ気なく、でもじゅうぶんに感じのいい微笑を添えて。

二人が騒いでいるのは昼間にソースを仕込んだ毛蟹のリングイネのことで、同じものを左側のカウンターの端で初子ちゃんも食べている。杏二がちらりとそちらを見るが、初子ちゃんは文庫本に目を落としている。初子ちゃんの食事の仕方は独特で、いつもひとりで、文庫本を読みながらなのだが、料理を口に運ぶときには、いちいち文庫本を閉じて脇に置く。料理を二口三口、ワインを一口味わったところで、文庫本を開き、一分ほど読む。また閉じて、料理に取りかかる。まるで文庫本と料理の双方に、できるかぎりの（そして私が思うに、無駄な）礼儀をつくしているようだと、いつも思う。

「ワイン、どうする？　ノヴェッロもあるわよ」

初子ちゃんのグラスが空いたので私は声をかけた。うん、じゃあ、それ飲みます。初子ちゃんはあっさりと頷く。いつもグラスで三杯ほど飲むのだが、こだわりも知識もあまりないらしく、私に勧められるままにおいしそうに、行儀よく飲む。もちろん私は、料理に合うワインをちゃんと考えて勧めるわけだが。

初子ちゃんにグラスを持っていったあと、自分用にも小さなコップに少し注いだ。俺も、俺も。子供みたいに手を伸ばしてくる杏二にも、注いでやる。エミリア・ロマーニャのサンジョベーゼだけで作った新酒《ノヴエッロ》は、とても香りがよくて、少しごつごつした、ワイルドな味がする。飲み干した一瞬、意識がふわりと宙に浮いて、自分がひどく場違いな場所にいるような気分が過《よ》ぎった。

女たち。杏二は今夜もよく捌《さば》いている。気の毒で、少し羨《うらや》ましい、女たち。

彼女たち（と真行寺くん）は十一時前には全員いなくなった。十時頃やってきたサラリーマンふうの二人連れがまだ食事中だったけれど、私は、今夜はもう終了したような気分になっていた（もちろんサービスは怠らないが）。

十一時過ぎ、二人連れが食後のエスプレッソを飲んでいるとき、ドアが開いた。「アモーレ」の営業は深夜一時迄《まで》だから、表にはまだ「OPEN」の札を出している。

私は思わず息を呑《の》んだ。だから「いらっしゃいませ」を言うタイミングを外してしまい、かわりに杏二が「うわ」と言った。こちらも、私ほどではないにせよ動揺しているはずだ。

それでも私はうまく、落ち着いた声を出すことができた。だてに三年間サービス業に従事しているわけではない。

「いらっしゃい」

「こんばんは」

松崎《まつざき》さんはつぶらな目を細めてぺこりと会釈した。私の夜が、はじまってしまった。

これが私のひみつその二だ。


いつもよりも遅い帰宅になった。

外から見ると、家の中は真っ暗だった。でもそのことに意味がないのは経験上わかっている。思った通り、玄関にはまだ彼の靴があった。

書斎を覗《のぞ》く。廊下の灯りにぼんやり浮かび上がった部屋の中は、朝からまったく変化がないように見えた。私は部屋の電灯をつけた。床の上に新聞と空のペットボトル、カットボードとナイフと食べかけのリンゴ。それに何か工作をしたような形跡――ペンチ、針金、木切れ、布の切れ端――がある。寝椅子の上の人影は動かなかったが、これも経験上、彼が目を覚ましていることが私にはわかった。

「お父さん」

呼びかけると父はむくりと起き上がった。

「今、何時だ？」

二時半だと私は答え、何か食べるかと聞いた。父は首を振った。

「何を作ったの？」

床の上を指して私は聞いた。ちょっとな、と父は答えた。私は彼をしばらく見ていたが、それ以上答えるつもりはないらしい。

「風呂、沸いているぞ。入って早く休め」

「ありがと」

私はドアを閉めた。

キッチンに行ってみると、ミネストローネの鍋はすっかり空になっていて、きれいに洗ってあった。調理台の上にアルミホイルの包みがあって、開けてみると葱餅《ねぎもち》が入っていたのでちょっと笑ってしまった。葱餅というのは、小麦粉を捏《こ》ねて延ばしたものに葱とごま油を混ぜて焼く中華ふうの軽食で、父の得意料理のひとつだ。自分の昼食だか夕食用に焼いて、私のぶんも取っておいてくれたのだろう。バゲットは気に入らなかったらしい（手をつけていない）。

父は多方面に器用な人で、たとえば料理に関してならば、母と結婚した当初は一族——当時は中庭を挟んで、叔父たちの住まいもあった——の食事作りを担当して誰からも文句が出なかったほどの腕前を持っている。その役割が「当初」だけのこととなったのは、父が放浪の男であるからだ。家族にとって父という男は、「滞在期」と「失踪期」でできあがっている。そうして母の死後、父は長い失踪期に入ったと杏二は信じているのだが、必ずしもそうではないわけなのだった。

　葱餅は明日食べることにして、私は浴室へ行った。お風呂は頃合いよく沸いていた。今の今まで横になっていたような顔をしていたが、私が帰宅する少し前にお風呂の支度をしておいてくれたに違いないのだ。父というひどい男のいちばんひどいところは、無責任で嘘吐《つ》きで身勝手なのに、この種の心遣いをする心根も同時に持ち合わせていることだと思う。この性質は杏二にもじゅうぶんに受け継がれている。

　私はバスソルトをお湯に溶かして、オレンジとセージの香りの中で目を閉じた。父のことをもっと考えようと思ったが、そう思うのは、本当は考えたいべつのことがあるからだった。結局、私はどうしようもなく、松崎さんのことを考えはじめた。

　松崎さんは弟の師匠だ。

　杏二は麻布十番《あざぶじゅうばん》のバーで松崎さんと知り合って、彼の下で働くことを決めた。住み込みで勤めた最初の店が、松崎さんの店だった。

　松崎さんは飲み過ぎて肝臓を壊して、入院してどうにか持ち直したけれど、今年の四月から店は休業している。だからときどきふらりと「アモーレ」にもやってくるわけで、私と弟の日々はそれまでよりもスリリングなものになった。

私はウフフと笑ってみる。でもその笑いはひどくわざとらしかったので、バシャバシャとお湯を顔にかけた。杏二の緊張っぷりったら。気を取り直して、そう考える。

今夜、松崎さんが食べたのは三品だった。平目のカルパッチョ。ポルチーニのリゾット。ドルチェにリンゴのトルタ。

カルパッチョを一切れ食べると、うん、うまい、と松崎さんはニッコリ笑った――杏二によれば、自分の厨房にいるときは、かなりの頻度で「鬼化する」らしい松崎さんは、それ以外の場所ではたいていいつもニコニコしているのだが、その微笑《ほほえ》みが一段階深くなった。次にリゾットを口にしたときには、小さな目をめいっぱい丸くして、「おう、うっまいじゃん」と言った。松崎さんの目が「大きくなる」ことは、杏二にとっては勲章みたいなものらしい。隠しようもなく嬉しそうな弟を見るのはいいものだ。

ウフフ。私はまたちょっと笑ってみてから、お湯の中にぶくぶくと沈んだ。息が苦しくなるまで耐えてから、浮かび上がり、息をして、記憶を巻き戻した。

「やあ、しばらく」

松崎さんは、私に向かってそう言った。席に着いて、コートを隣の椅子に置き、滑って落ちそうになるのを「おっとっと」と言いながら引っ張り上げたあとで。

私は何と答えたのだったか――覚えていない。コートを預かってコート掛けに掛けるのが私の役目なのに、それを忘れていたことに気づいて、慌てたことは覚えている。

「悪いね、遅くに」

松崎さんは杏二に向かって言い、それから私のほうを見た。そうだ、私が発声したのはそのときだったのだ。「コート」。私はそう言い、それから椅子の上の彼のコートを取りにいった。松崎さんが気がついて、コートを私に手渡した。そのとき、彼の指先が私の指にちょっと触れた。一ミリくらいだったけれど、たしかに触れた。

私は湯船を出て、体を洗い、髪を洗った。そうしたことは体の上だけの、機械的な作業だった。頭の中ではずっと今夜の回想に耽《ふけ》っていた。松崎さんと会ったときのことを、私はいつもなるべく思い出すまいとする。でもいつも結局は思い出してしまい、ひとたびそうすると、麻薬中毒みたいにそのことに夢中になってしまう。

ウフフ。

もう一度湯船に浸《つ》かったとき、また笑いが洩《も》れた。でも今度はわざとらしくない、心からの微笑だった。おもしろい松崎さん。今夜、帰りがけに彼が言った言葉がふるっていたのだ。

「ねえ杏ちゃん、男ってさ、いくつくらいまで、できるものかな？」

「えっ」

杏二は目を白黒させていた。あの弟にあんな顔をさせることができるのは松崎さんだけだ。なんでそんなこと聞くんすか。杏二はそう聞いたが、私にはわかっていた。松崎さんは、今夜彼が来て以来緊張し通しだった杏二を和ませようと思っていたのだ。

「生殖能力って、いくつくらいまで現役かな？」

　松崎さんは杏二の質問には答えず、さらにそう聞いた。

「それはむしろ相手の女の問題じゃないですかね」

　杏二はまったく冴《さ》えない、つまらない答えを返した。

「松崎さんはまだたったの五十九歳だもの」

　私は言った。発言するタイミングではなかったのだが、会話の流れにちょっとどぎまぎもしてしまっていて、それを悟られないために何か言う必要があったのだ。杏二がへんな顔で私を見た。「たったの」がよけいだったのかもしれない——私だけの実感に違いないから。

　回想のせいで、私は精も根も尽き果ててしまい、浴室を出るとすぐにベッドに入った。

翌朝、目が覚めたときには、父はもういなくなっていた。

「きれーい」

　奥さんたちが歓声を上げる。

　今日のカルパッチョは鮪で、刻んだキュウリ、赤ピーマンやトマトを使ったソースがかかっている。

「お料理、上手なんですねえ」

ひとりが杏二に向かってそう言い放ち、残りがきゃっきゃっと笑う。全員、うちの近所の奥さんたちで、五人で予約してやってきた。といっても、私が顔を知っているのは、例の猫を餌付《えづ》けしている奥さんだけだ。新しい家が増えて、ご近所の人もだいぶ入れ替わっている。

「いちおう、この仕事で食ってるんで」

杏二は愛想よくそう応じるが、タイミングが少しずれている。やりにくそうだ。弟にとって実家方面はあまり近寄りたくない場所であるはずだから。

「シェフもあのおうちに住んでらっしゃるんですか？」

「いや」

「じゃあ、今はあのおうちには、お姉さんと、ご両親？」

「ひとり暮らしなんですよ」

私が答えた。あらあー。あの広いお屋敷に。さびしいですねえ。あらー。彼女たちの感想を背中に聞きながら、私はオーブンを開けてウイキョウのグラタンを取り出す。

「そういえば、あの辺には天狗《てんぐ》がいるんですよ」

猫の奥さんが発言した。天狗？　何を言い出すんだろうと私は聞き耳を立てる。

「うちにごはん食べに来る野良猫、一匹いなくなったなあって思ってたら、今朝戻ってきてたの。耳にピアスつけて」

それって避妊手術済みの目印でしょう？　とべつの奥さんが言い、えっそうなの？　と猫の奥さんはぽかんとした声を発した。

「天狗って、なんで？」

「いや、ミステリーだったから、天狗でもいるのかなって」

「天狗っていうか人でしょ、それ。ほかでも餌やってる家があって、そこんちの人が病院に連れていったんじゃない？」

「なーんだ、そうなの」

「天狗にしときたかったんだ？」

笑い転げる奥さんたちの前に、私はグラタン皿を置いた。父の寝椅子の前に散らかっていた、工作の痕跡のことを思い出し、彼が作っていたのは猫捕獲用の仕掛けだったのだと、ほとんど確信しながら。猫の奥さんはいろんなことがわかっていないタイプの人だが、勘は発達しているのかもしれない。天狗というのは父にぴったりのイメージだから。

ボロネーゼソースの鍋を揺すっている杏二は、今の話には何の興味もない――そもそも聞いていない――ようだった。この話を弟とともに面白がれないのは残念だ。いつか話そう、と私は決める（父にまつわるこの種の決心は、溜《た》まっていく一方なのだが）。

ドアの外で人影が動くのが見えたが、ドアは開かなかった。そろそろ常連客たちがやってくる頃だ。窓から奥さんたちを見て、尻込みしているのかもしれない。

私はドアのそばまで行ってみた。ほとんど同時にドアが開き、入ってきたのは松崎さんだった。

「ひゃあ」

と私は声を上げてしまった。まったくの不意打ちだった。この前彼が来てから、三日しか経《た》っていない。こんなに間隔を空けずに姿を見せるのははじめてだ。

厨房の前を奥さんたちが占めているので、松崎さんは左側のカウンターの端に座った。

杏二もびっくりしたのだろう、わざわざ厨房から出てきた。

「どうしたんすか」

松崎さんはいつもの穏やかな微笑を浮かべて「うーん」と言った。

「ちょっと、相談というか、報告というか、したくてさ」

「何があったんですか」

うーんと、松崎さんはまた言った。コートを預かるのをまた忘れていたことに私は気づいた。というか、松崎さんはまだコートを着たままだ。

「コート」

と私が言ったとき、

「俺、結婚するかもしれないんだ」

と松崎さんは言った。

「えっ」

と杏二が言った。

「俺、妊《はら》ませてしまったみたいなんだ」

杏二が眉をひそめて私を見た。

「ウフフ」

私は笑ったらしい。自分の笑い声が聞こえた気がする。なんで笑ったのかはわからない
――でも、笑ったおかげで叫んだり卒倒したりはせずにすんだ。

本日のメニュー 3

トリッパとトレヴィスの煮込み
コテキーノ
鮪のコンフィのパスタ
去勢雄鶏のボッリート
パネットーネ
作りかえられた女

「クリスマスプレゼント、何ほしい？」

杏二さんはそう言った。三月三日のことだった。私が彼と、はじめて寝た日。

「クリスマスって……」

私は笑った。私はまだ裸で彼のベッドの中にいて、杏二さんはキッチンから水を持ってきてくれたところだった。彼も、何ひとつ身につけていなかった。右手に瓶入りのミネラルウォーター（「アモーレ」でも出している、スルジーヴァ）、左手にグラスをふたつ持って。

「なんで今、その話なの？」

「沙世ちゃんに贈りものしたいなと思ってさ」

杏二さんは、ナイトテーブルがわりにしている古いトランクの上にグラスを置いて、水を注いだ。お店にいるときと同じように丁寧な手つきで。午後四時過ぎで、春の夕方のぼんやりした明るさが、広い窓越しに部屋の中に届いていた。

「そういうときは、ふつうは誕生日を聞くんじゃない？」

私はグラスを受け取りながら言った。杏二さんは再び私の隣に滑り込んできた。彼の太《ふと》股《もも》が私の太股にちょっと触れて、私は恥ずかしくなるくらい、どきんとした。

「クリスマスのほうが、いいじゃん。冬だし寒いし、部屋の中はあったかいし……クリスマスだしさ」

私が笑うと杏二さんもつられたようにちょっと笑ったが、でも彼は、じつのところなんで笑われたのかよくわかっていない様子だった。クリスマスはクリスマスだから、誕生日よりずっとロマンチックだと、きっと真面目に思っていたのだ。

それから杏二さんは、彼のクリスマスの思い出を話してくれた。杏二さんが生まれ育った家では、毎年、クリスマスの朝には、杏二さんと偲さんの枕元に、毛糸の道しるべが用意されていた。二人それぞれにその毛糸を巻き取りながら、辿《たど》っていくと、その先に贈りものの包みがあったのだそうだ。

「だから毎年、クリスマスの朝だけは何があっても家に帰ってなきゃならなくて、あれはちょっと困ったな」

杏二さんがそう言うので、私はちょっとびっくりして、

「え、それって、大きくなっても続いてたってこと？」

と聞いた。杏二さんは頷いた。

杏二さんが家を出るまで、その習慣は続いていたそうだ。そのあとも姉には、自分が死ぬまでずっとあの方式でプレゼントしてたんじゃないかなとも杏二さんは言った。すてきだね、と私は言った。すてきなお母さんだと思ったし、すてきな話だと思ったし、いちばんすてきだったのは、そんな特別な話を聞かせてもらえたことだった――私たちのほかには誰もいない彼のベッドの上で。

水を飲み干すと――ふたりでひと瓶をほとんど空けてしまった、ものすごく喉が渇いていたのだ――、杏二さんが私を抱き寄せ、私たちはもう一度抱き合うことになったから、「クリスマスプレゼントに何がほしいか」を、結局そのとき私は答えなかった。どのみち、答えたとしたって意味はなかった。クリスマスが来る前に、私は杏二さんと別れてしまったから。

「クリスマスイブって、なんか予定入ってる？」

真行寺くんが聞く。今日は十二月四日で、つまりイブの二十日前だ。この二十という数字はすごく真行寺くんっぽい、と私は思う。

「何にも」

と私が答えると、

「ホント？」

と真行寺くんは目を輝かせる。彼の目は、比喩《ひゆ》ではなくて実際にキラキラ輝く。そこが好きなところでもあるのだが、困るところでもある。彼の目がキラキラ輝くほど、私は彼にとてもひどいことをしているような気持ちになるから。

私たちが歩いているのは商店街で、通りにはすでに、ささやかな電飾が施されている。街路樹に巻きつけられた豆電球、街灯のてっぺんにはサンタや星。

向かっているのは「アモーレ」だ。私たちの会社は、「アモーレ」の最寄り駅のひとつ隣の駅に近い。石橋さんと付き合っていたときは、ふたりべつべつに電車に乗って、電車を降りてからも微妙に前後になって歩いて、二人連れになるのは店の前に着いたときだった。こんなやり方をしたって、ふたりの関係が会社の人（もしくは彼の妻）にばれるときにはばれるだろうと私は思っていたけれど、とにかく石橋さんがそうしたがるので、言う通りにしていた。

でも、真行寺くんとは堂々と、一緒に会社を出て、「アモーレ」までの二十分の道のりを並んで歩く。談笑しながら。真行寺くんには奥さんも子供もいないし、彼曰《いわ》く「伊藤さんと付き合ってることがバレたって、全然かまわない」から。じつは私はちょっとかまうし、私の尺度では私と彼はまだ付き合ってないのだが、それでもまあ、石橋さんのとき同様に、真行寺くんがそうしたいなら、ということで了解している。

「僕さ、チキン焼こうと思ってるんだよね」

「チキン……？」

「だからさ、イブの日、うち来ない？」

私は真行寺くんの顔を見た。真行寺くんは、私の視線をまっすぐに受け止めて、見返してきた。整っているのだが、どこか少年漫画のヒーローみたいで、つい笑ってしまうような顔立ち。私は彼の住むマンションが戸越《とごし》にあることは知っていたけれど、そこに行ったことはなかったし、そこ以外の、完璧に二人きりになる場所にもまだ誘われていなかった。つまり、この招待を受けるということは、私の尺度での「お付き合い」をはじめるのを了承したということになる。

「チキン、焼けるの？」

「焼くさ」

きっぱりした答えかたを、好ましいと私は思った。本当に、真行寺くんにはいいところがたくさんあるのだ。

「じゃ、行こうかな」

「よっしゃー」

きらきらした瞳で真行寺くんがガッツポーズしたとき、私たちはちょうど「アモーレ」に着いた。

「あらまあ、ようこそ」

偲さんが歌うような声を上げて、私たちを迎える。

歌うようなのも、「あらまあ、ようこそ」も、いつもの偲さんからすると、微妙にへんだ。もっとも、前回来たときもそうだった。つまりこのところ、偲さんは微妙にへんなのだろう。たぶん「アモーレ」でたまに会う松崎さんという男性と、何かあったのじゃないかと私は――それに、単細胞の真行寺くんでさえ――推察している。偲さんが松崎さんに懸想《けそう》していることは、ふたり一緒のところを見たことがある人なら誰でも簡単にわかる。

左側のカウンターの端（厨房に近いほう）に、ふたりぶんの席が用意されていた。最近二回ほど、満席で入れなかったことがあったので、この頃は真行寺くんがちゃんと事前に予約を入れてくれている。真行寺くんは「アモーレ」がごく気に入っているらしい。旨いし、そんなに高くないし、居心地いいしね。彼がそう言うほどに、私は居心地が悪くなる。でも、来てしまう。自分から「そろそろアモーレ行こうか」と真行寺くんを誘ってしまうこともある。なぜかといえば、「アモーレ」に来れば杏二さんに会えるからだ。会えてもつらいだけなのだが。

「こんばんはー」

私の頭の上を、真行寺くんの脳天気な声が通っていく。私は俯《うつむ》いているけれど、その声の先に杏二さんがいることを知っている。あらまあ、ようこそ。杏二さんは、偲さんの声色を真似《まね》て、ふざけてみせる。その声は真行寺くんだけじゃなく、私にもちゃんと向けられている――そのことも私にはわかる。顔を上げれば、杏二さんが私を見て微笑んでいるのが見えるだろう。でも、私は顔を上げられず、ジャケットのボタンを外すのに気を取られているふりをしてしまう。

夜八時。カウンターはほぼ埋まっている。知っている顔は初子ちゃんだけ――彼女と自己紹介し合ったことはないけれど、杏二さんがそう呼ぶから、名前を知っている――で、彼女は私たちの反対側の壁際にいる。初子ちゃんはあまり喋《しゃべ》らないし、佇《たたず》まいそのものが寡黙《かもく》な感じの娘なので、彼女と杏二さんが、すでに「付き合っている」のかどうか私にはわからない。でも、初子ちゃんが杏二さんの料理よりは、杏二さん目当てにここに来ていることはわかる。

私と真行寺くんは、トリッパとトレヴィスの煮込みと、ツナのパスタとラムのグリルをオーダーした。

「わっ。このツナ、鮪だ」

真行寺くんは今夜も、ユニークな歓声を上げる。教えるべきかどうか私が迷っているうちに、「あっそうか、ツナは鮪だ」と自分で納得した。見知らぬ客たちが振り返って、くすくす笑う。私たちはきっと「微笑ましいカップル」だと思われているだろう。

「でも、なんすか、これ。どうなってるんすか。うますぎです」

そして真行寺くんは、杏二さんに話しかけてしまうから、杏二さんがこちらを見てしまう。コンフィなんだよ、と杏二さんは料理の説明をしてくれる。私も顔を上げて、頷いたり、へえーっと言ったりする。ずっと杏二さんを見ないのは不自然だからだ。杏二さんは私のほうを八十パーセント、真行寺くんのほうを二十パーセント見て喋る。私が石橋さんと来ていたときと同じに。

「ここ、イブも営業してるんすか」

鮪のコンフィについてのじゅうぶんな知識を得た真行寺くんは、次にそんなことを言い出した。

「やってるよ。来る？」

杏二さんが答える。

「いや……僕ら、その日はちょっと」

「あらまあ」

杏二さんは再びさっきの、偲さんの口真似で応じた。真行寺くんと私が、イブはふたりきりで過ごす予定であることが、杏二さんにわかってしまったのだ。念の入ったことに真行寺くんがでへへと笑い、杏二さんも笑った。笑いながら私を見たので、私も笑った。泣きそうになるのをどうにか堪えて。どうして杏二さんは、「あらまあ」なんてふざけた声が出せるのだろう。どうしてあんなふうに愉《たの》しげに笑えるのだろう。まるで私が、彼と寝たこともキスしたこともない、ただの女客であるみたいに。

私の部屋に、杏二さんは来たことがない。

彼とベッドに入った十三回——不吉な数字だ——は、いつでも彼のベッドだった。そのことに意味があると私は思おうとしていた。というのは、私は石橋さんと付き合っているとき、彼がどんなにそうしたがっても、彼を私の部屋には入れなかったから。石橋さんの家には、もちろん行けるわけがないから、私たちはいつでもラブホテルを利用していた。そっちのほうが気楽だった。この先、石橋さんとどうなっても、私の部屋は元のままである、ということが重要だった。だから、杏二さんが私を彼の部屋に入れてくれたとき、私は嬉しかったし、感激さえしたのだ。

でも、もちろん、意味なんかなかった。

二ヶ月前、私はもう「アモーレ」には二度と来ない決意をして、でもまた来るようになってしまって、杏二さんのことなんかもう何とも思っていないふりをしていたが、今はそのふりもうまくできなくなった。私がどんなふうにふるまっても、杏二さんには何の影響も及ぼさないということがわかって。結局のところ、彼にとっての私は小さな虫ほどの存在なのだ。部屋に入れようが入れまいが、どうということもなかったのだろう。

土曜日、休日にもかかわらず私は朝早く目が覚めて、でもベッドの中でぐずぐずしていた。十時過ぎに仕方なく——眠りたかったのだが、もうどうしたって無理だとあきらめて——起き出し、ティーバッグの紅茶にミルクを入れて飲んだ。

甘くしたいと思って、砂糖をスプーン一杯入れた。甘くなりすぎたので、頭にきて、もう一杯入れた。さらにもう一杯。スプーンでぐるぐる掻《か》き回しながら、昨夜のことを思い出す。「アモーレ」を出たあと、駅までの道を歩く間、私はずっとむっつりと黙っていた。真行寺くんが何を話しかけても、仏頂面で「うん」「ううん」「べつに」くらいしか答えなかった。店にいるときにはもっと喋っていたし笑ったりもしていたから、彼はわけがわからなかったことだろう。

私にもわけがわからなかった。どうしてこんなに真行寺くんに腹が立つのか。杏二さんにとっての自分がまるでスペシャルではないことが、どうして真行寺くんのせいであるような気がしてくるのか。理不尽であることはわかっていた。でも、どうしようもなかった。結局そのまま駅に着き、それぞれのホームに別れた。向かいのホームで彼が途方に暮れたように見つめているのがわかったけれど、私はそっぽを向いていた。

砂糖をばかみたいに入れられた挙げ句ただ冷めていく紅茶のカップの横に、スマートフォンがある。私は真行寺くんに電話して謝ろうと思った。でも結局、電話には触れず、ジョギングウェアに着替えて外に出た。

走っていると何もかも忘れられる、という人がいるけれど、あれは嘘だ。

走っていたって、体の中は忘れられないことでいっぱいだ。ただ、じっとしていると忘れられないことで溺れそうになるから、海を泳ぎ渡るように、私は走る。

今日は晴天で、走っていると暑くなるほどだが、空気が乾いているせいで鼻がむずむずする。目指すのは公園。公園の向こうには、杏二さんの部屋がある。彼とはじめて寝た日も、私は走っていた。

公園で休憩していたら、自転車に乗った杏二さんがふらりとあらわれたのだった。よう。片手を上げた彼の顔がとんでもなく嬉しそうだったことに、私は早々にどぎまぎしたが、きっと彼はポケットからハンカチでも取り出すような気安さで、ああいう表情を作れるのだと、今ならわかる。草地に並んで座ってしばらく話し、それから杏二さんが買いに行ってくれた缶ビールを二缶ずつ飲んで、そのあと、杏二さんの部屋へ行った。

そんなふうに簡単に、私は彼と寝てしまった。そうして簡単に、彼に夢中になってしまった。どうして？　と聞かれても答えられない。これは断言したいけど、彼のことが好きだから寝たわけじゃない。彼の部屋についていくときに、私は自分自身にそんな言い訳は用意しなかった。それなのにその日以来、私の中には、じつは自分はずっと杏二さんのことが好きだったのだという記憶がねつ造されてしまった。

同時に、石橋さんのことがどうでもよくなった。それまでも私は、石橋さんに奥さんや子供がいることがほとんどどうでもよかったのだが、それはつまり、石橋さんのことがどうでもよかったからなのだ、とわかった。その理解もまたねつ造だったのかもしれないが、とにかくどうしようもなかった。

ようするに私は、杏二さんによって、それまでとはべつの伊藤沙世に作りかえられてしまったのだと思う。ニュー伊藤沙世はとんでもなかった。それまでの伊藤沙世なら、「アモーレ」で杏二さんが私よりも初子ちゃんに一回多く話しかけたとか、あの女とも寝ているのかもしれないとかあの女とはこれから寝るのかもしれないとか、そんなことでいちいち動揺したりはしなかっただろう。杏二さんを自分ひとりのものにしたいのにどうしてもできない腹いせに、グルメサイトに中傷のコメントを書く、というような真似は、決してしなかっただろう。

サイトに書き込んだとき、ハンドルネームをルビーにした。ルビーは私の誕生石だ。クリスマスプレゼントの話をしたとき、そのあと誕生日の話にもなって、私が七月生まれだと教えると、じゃあ誕生石はルビーだね、と言ったのは杏二さんだった。なぜかたまたま、七月だけ知っているのだと。でも、七月が来ても、杏二さんは思い出してくれなかった。ルビーというハンドルネームを見ても、何ひとつ気づかなかった。

ベンチの前を、私はいったん通り過ぎた。

五十メートルほど走ってから、回れ右をして戻った。

「あの、こんにちは」

松崎さんは顔を上げ、左右をきょろきょろと見渡してから、あらためて私をまじまじと見つめ、ゆっくりと目の幅を広げた。

「やあ、こんにちは。アモーレで会いましたね」

覚えてくれているらしい。

「隣に座ってもいいですか」

「どうぞ、どうぞ」

私はベンチの端に座った。遠慮深く、ということもあるけれど、そのほうが松崎さんを観察しやすいからでもある。

小柄な人だ。狭い「アモーレ」ではなく広い公園で見ると、いっそう小さく見える。オーバーサイズの黒いモッズコート（たぶんそれがメンズの最小サイズなのだろう）を着て、赤いニットキャップを被《かぶ》っている。今まで、あまり気づかなかったがお洒落《しゃれ》な人と言うべきなのかもしれない。顔は小さく、目がつぶらなせいで全体としては小ぶりな黒い雪だるまみたいにも見える。そうして、膝の上には雑誌を広げている。

「あの……それ」

「ああ……これ」

松崎さんは、ページを閉じて、私に表紙がよく見えるようにしてくれた。ハッピーBABY。大きな見出しは「お産がはじまるサイン・ベスト3」で、特別附録は「男性版ハッピーBABY・パパになるためのレッスン」。やっぱりそうだった。育児雑誌だ。

「もしかして、パパになるんですか？」

思わず単刀直入に聞いてしまった。

「なんだかねえ」

松崎さんは困ったように笑う。

「もしかして……偲さん？」

「ん？」

松崎さんは一瞬、怪訝《けげん》な顔をしてから、「いやいやいやいや」と手を振った。

「赤ん坊ができたのは、偲さんじゃないんだよ」

「そうなんですか」

「うん。そうなんだ」

松崎さんはあいかわらずニコニコしていたが、それ以上何も言わなかったので、私も聞けなかった。どのみち、他人の色恋についてさして知りたいわけでもなかった。知りたいことはほかにいくらでもあるのだから。

真っ赤なウィンドブレーカーを風船みたいに膨らませた男の人が、私たちの前を規則正しい駆け足で通り過ぎた。私は松崎さんと一緒にその後ろ姿を見送り、それから、

「杏二さんのことを聞いてもいいですか」

と言った。こういうときに遠慮も深慮もしないのがニュー伊藤沙世なのだ。

「うん？」

「杏二さんって、今まで、恋人がいたことってあるんですか」

「いつもいるじゃん」

松崎さんはあっさりとそう答えた。私は質問を変えることにした。

「つまり……彼、女のひとを好きになったことって、あるんですか」

「んー」

私がそんな質問をする理由ではなく、質問そのものを吟味する顔で、松崎さんは少しの間考えていた。

「あるんじゃない？　ていうか、おおむねいつでも好きなんじゃない？」

私はがっかりした。杏二さんを十代の頃から知っている松崎さんにしても、私が知っている答えしか返してくれないからだ。

「寒いんじゃない？」

松崎さんが心配そうに私を見た。いい人だがあきらかににぶい。その点、偲さんにお似合いだと思えるんだけれど。

「寒いです。もう少し走ってきますね」

私はどうにか微笑んで、立ち上がった。

「クリスマスイブには会えません。ごめんなさい」

ラインのメッセージに私は打ち込んだ。

まだ、真行寺くんには届かない。送信ボタンを押していないから。押さないことだってしばらくの間もてあそぶ。でも、結局は押してしまう。それはとても簡単なことだった。人差し指をちょっと動かしただけのこと。月曜日の会社の自分のデスクで、私はスマートフォンをロックして、コピーを取りにいった。

五分後、デスクに戻ってくると、真行寺くんからのラインが届いていた。メッセージはなくてスタンプだけ。バカっぽい顔の豚が「?」と首を傾げている。さっきの私のメッセージを、きっと何かの冗談だと思っているのだろう。返信はしなかった。予想通り、昼休みに真行寺くんがやってきて――私の課の戸口にあらわれたときには、彼はまだ笑顔だった――ランチを共にすることになったので、そこで私はあらためて説明した。クリスマスイブを、彼と過ごせないわけを。

石橋さんから電話がかかってきたのは、翌々日の昼間だった。約束して、その日の終業後に会った。もちろん「アモーレ」には行かず、石橋さんからの指定で、三つ隣の駅のファミリーレストランで待ち合わせした。

「真行寺くんから決闘を申し込まれたんだ」

注文をとったウェイトレスがいなくなると、石橋さんは、私がはじめて見るシワを額に作って、そう言った。

「……決闘？」

「うん。ボクシングでもK－1でも柔道でも、僕の好きな方法でいいからって。勝ったほうが、沙世ちゃんを取るんだって。なんなんだ、あいつは？　ていうか、どういうこと？　なんか、僕とよりを戻すとか、そういうことを、彼に言ったんだって？」

私は真行寺くんに、以前の恋人のことが忘れられないから、イブは一緒に過ごせない、と言ったのだった。それでまっすぐ石橋さんのところへ行ったということは、私と石橋さんのことは、私が思っている以上に、社内の噂になっていたのだろう。それにしても、決闘とは。真行寺くんの行動はあいかわらずユニークだ。

「僕とのこと、ばらしちゃだめじゃん」

「ごめんなさい」

私はいちおう謝った。誰にもばれてないと思っているのは石橋さんだけだよ、と言いたいのをがまんして。

「まあ、それはこの際、いいんだけど」

石橋さんはなぜか顎《あご》を揉みながら言った。

「本当なのかな、その……僕のことが忘れられないっていうのは」

石橋さんに「もう会わない」と告げたとき、私は「好きな人ができたから」と言ったのだった。そのあとで私は真行寺くんと一緒に帰ったりするようになったから、当然石橋さんは、私の好きな人というのは真行寺くんだと思っていたわけで、今、私が真行寺くんから自分のところへ、戻ってきたと思っているわけだ。

注文したものが運ばれてきた。石橋さんはビーフカレー、私は海老《えび》ドリア。この店へ来たのは話をするためで、食事なんかは二の次だというスタンスだったわけだけれど、それでもやっぱり、それぞれべつのものを注文したりするんだなあ、と私はぼんやり考えた。

それから、私は頷いた。今度は笑いたくなってきたけれど、これもがまんした。もう、そういうことでいいやと思った。どうせどうにもならないのだから。

「イブは石橋さんと過ごしたいの。だめ？」

そうして、ニュー伊藤沙世は、思い詰めた目をして、そんなことまで言い出した。私の言うことならたいていは聞いてくれる石橋さんだが、家族と過ごすイブだけは私のために空けられない、ということを知っていながら。

イブの日、私はほかの多くの女子社員同様に、普段よりずっとお洒落な格好——私の場合は、濃いグリーンのノースリーブのワンピースにカーディガン、七センチヒールのニーハイブーツ——をして、出勤した。

夕方近くなると、窓から外を見ているひとが多くなった。雲が垂れ込めてきて、雨が降りそうだったから。でもこの気温じゃ、雪にはならないねという残念そうな声が聞こえた。

真行寺くんは、あらわれなかった。あれから何度かメッセージやメールや電話をくれていたが、私の対応がずっと変わらなかったせいだろう。石橋さんからのラインを受信したのは、午後四時四十五分だった。まずスタンプが送られてきた。バカっぽい豚（奇《く》しくも真行寺くんのお気に入りのスタンプと同じ）が、泣いている絵柄。次に「ごめん、やっぱ今日はだめだ」というメッセージが届いた。そりゃ、そうだよね。私は心の中で呟いて、豚ではないがバカっぽい女の子が、ニッコリ笑って手を振っているスタンプを送信した。その意味が「そうだと思ってたよ」なのか、「仕方ないよね」なのか、「さよなら」なのかは、石橋さんが決めればいい。ラインは便利だ。

とくにすることもなかったのだが、無理やり仕事を探して、その日は八時過ぎまで残業した。会社を出ると、霧雨が降っていて、街はしっとりと湿っていた。

「アモーレ」に向かったが、店には入れないだろうなと思っていた。イブだからもう予約で埋まっているだろうと。でも、ドアを開けると、偲さんが「メリークリスマース」と――あいかわらず微妙にへんな感じに――迎えてくれて、右側のカウンターの端に席を作ってくれた。その椅子だけが、ちょうど空いていたのだ。

「沙世ちゃん、メリークリスマス」

杏二さんが正面カウンターの向こうから腕を伸ばして、泡立つ赤い液体が入ったグラスを手渡してくれる。クリスマスのサービスのランブルスコだと、偲さんが教えてくれた。

「沙世ちゃん、何食う？」

「コテキーノって、なんですか」

杏二さんから二度も沙世ちゃんと呼びかけられて、私はロボットみたいな喋りかたになってしまった。イタリアでクリスマスによく食べられるソーセージだと聞いて、食べてみることにした。

「去勢雄鶏も食ってみる？」

杏二さんが言うと、左側のカウンターを占めていた女性グループから、キャーッという笑い声が上がった。私が来る前に、きっと何かジョークの応酬があったのだろう。去勢雄鶏が普通の雄鶏とどう違うのかわからなかったけれど、「食べてみる」と私は答えた。杏二さんが微笑む。

私はランブルスコをゆっくり飲んだ。

今夜の「アモーレ」は、いつもより幾分賑《にぎ》やかだ。ひとり客が私だけであるせいかもしれない。左側は女性客たち、私の横は二組のカップル、正面には男ふたりに女ひとりの三人連れ。初子ちゃんやなな美ちゃんの姿はない。どこかでひとりでいるのか、それとも誰かといるのか。予想していたことではあるけれど、私が今夜ひとりきりでここにいるわけを、偲さんも杏二さんも聞こうとはしない。きっと私みたいな女は、これまでにもいたのだろう。

コテキーノは、舌にまとわりつくような食感の、ねっとりと味の濃いソーセージだった。レンズ豆のスープ煮が添えられている。私はコテキーノになりたいと思った。レンズ豆でもいい。こんなふうに慎重に細心に大切そうに、杏二さんから扱われたい。

「クリスマスプレゼントはとくべつだよ、だってクリスマスだからさ」

杏二さんは女性グループと喋っている。

「俺んちは毎年、クリスマスの朝になると枕元に毛糸玉が置いてあってさ……」

私は偲さんに、グラスの白ワインを頼んだ。間もなく去勢雄鶏が運ばれてきた。茹《ゆ》でた鶏と野菜に、赤と緑、クリスマスカラーの二種類のソース。去勢雄鶏はびっくりするほど歯ごたえがある。私は噛《か》んだ。噛みながら、去勢雄鶏でもいい、と思った。こんなふうに、杏二さんからごく気を遣って茹でられて、静かに皿に並べられたい。

でも、もうそうなってるのかもしれない。それから、そう考えた。私は彼から作り終えられた料理なのかもしれない。

本日のメニュー 4

ティジェッレ、ローズマリー風味の塩漬けラルドとフェンネルの香りのサラミを添えて
温野菜
太刀魚オーブン焼き、赤《あか》玉《たま》葱《ねぎ》の甘酢煮のせ
オレッキエッテプーリア風
心得た女

天現寺《てんげんじ》の十階建てマンションの二階に、松崎さんの部屋はある。オートロックもついていない、古いマンションだ。廊下の手すりはラベンダー色で、ラッパを吹く天使のモチーフが連なっている。きっとこの天使が気に入って、ここを借りることにしたんだろうなと、来るたびに俺は思う。鉄のドアもラベンダー色。その横の呼び鈴を押す——廊下に段ボール箱がぽつんと置いてあることを不思議に思いながら。しばらく待たされたあとドアが開き、松崎さんは眉毛を八の字にして「見た？」と聞いた。

「え、何を？」

「その段ボールだよ。見た？」

「見ましたけど。ていうか、中は見てませんけど」

そこで屈《かが》み込んで開けてみると、中にはハードカバーの単行本が十冊ほど入っていた。

「見てよ」

「引越しすることになっちゃってさ」

靴と本とが二層になっている三和土《たたき》の上でどうにかスペースを見つけて靴を脱ぎながら、俺は部屋の中を見渡した。見るかぎり、前回訪ねたときとまったく変わっていない――つまり、本とCDとレコードと、日本全国世界各地で買い集めてきたスーベニールとで、壁の内側にもう一枚の壁、床の上にもう一枚の床ができている。見慣れぬものと言えば、洗面室のドアの両側になぜか立っている若松だが、これは正月明けという時節柄なのだろう。

「じゃ、これから引越し準備ですか」

「もう一週間くらい前からやってんだけど、全然片付かなくてさ」

俺は黙り込んだ。一週間かかって段ボール箱一個（しかも中はすかすかで、本が十冊だけ）。

つまりそういうことなのかと。

「引越しって、どこ行くんですか」

話題を変えることにした。ごった返すモノの間を密林を分け入るがごとく縫って歩き、それらに半ば埋《だいば》もれている椅子に無理矢理座る。

「んー、お台場」

松崎さんは玄関から俺がいるダイニングではなく隣室に入って、そこから返事をする。隣室とダイニングとの間の引き戸は開け放たれているのだが、積み重なったモノのせいで、彼の姿は俺からは見えない。

「お台場？　なんでまた……」

「んー、リコちゃんのマンションがそこにあってさ。ここより広いし、きれいだし」

「リコちゃんって、赤ん坊の母親？」

「そう。一緒に住むべきだって言うんだよ。まあ、そりゃそうかなって」

「結婚するってことですか」

「そういうことかなあ」

松崎さんは、巣穴から出てくる動物みたいに、ダイニングに出てきた。左右の手に何か持っている。

「ねえねえ、これとこれ、どっちか取っておくとしたら、どっちだと思う？」

開いてみせられた掌《てのひら》の中には、左右ともにキーホルダーが載っている。右のが、パンクロッカーみたいな格好をしたクマの人形で、左のがワインメーカーのノベルティらしきプラスチック製のボトル。「こっちすね」と俺はボトルを指さした――俺の右手にそっちが近かったからだ。

「やっぱこっちかあ。でもこのベアもレアなんだよねえ」

松崎さんはしばらく両掌を見比べてぶつぶつ言っていたが、ふと顔を上げて「そういえば、話って何」と聞いた。

「えーと」

俺は口ごもる。実際のところ、用事はもう終わっていた。つまり俺が今日、松崎さんに時間を作ってもらったのは、松崎さんが引っ越すとか引越し先はリコちゃんの家だとかリコちゃんがそうするべきだと言ってるとかとどのつまりリコちゃんとの結婚が決定したとか、そういう話を、「アモーレ」で、つまり姉がいる前でしてほしくなかったからなのだ。

「いや……なんか……俺にできることはあるかなって」

「うん、引越しの日は手伝ってよ」

どうやら松崎さんの中で、すべては決定事項らしい。俺にできること——つまり、姉のために——はもうなさそうだった。

「ほんとに結婚しちゃうんですね」

思わずそう洩《も》らすと、

「女みたいなこと言うなよー」

と松崎さんは無邪気にけらけらと笑った。

「腹へったな。なんか作るか」

混沌とした室内で唯一空間が確保されているのがキッチンで、そこに立つと松崎さんの動きはそれまでとは別人になる。大蒜《にんにく》の旨そうな匂いとともに、「結婚――するって――ほんとうですか――」という、松崎さんの呑気《のんき》な歌声が流れてくる。

松崎さんの家から店に直行することにした。

リュックが重い。

いや実際のところ、重いものは何も入っていないのだが、重い気がする。

俺は店の裏に自転車を立てかけ、リュックもそこに置き捨てていきたい衝動に駆られながら、しかしどうしようもなく背負ったまま店に入った。

「遅かったのね」

脚立の上にいた姉が言う。さして難じるふうでもなかったのだが、「ごめんなさい」と俺はつい返してしまった。姉は怪訝《けげん》そうに俺を見た。

「具合でも悪いの？」

「いや……ていうか、それ俺がやるよ」

「いいわよ。もう上っちゃったし」

電灯の笠《かさ》を拭きはじめた姉の後ろを通って、俺は厨房に入った。それから意を決して、

「今日さ」と言った。

「今日、何？」

姉は雑巾を持った手を動かしながら、背を向けたまま聞く。

「ちょっと松崎さんと会ってたんだけどさ」

俺の予想は、次の瞬間姉は大きくバランスを崩してあわや脚立から落ちそうになり、しかし持ち前の意外な身体能力の高さによって踏みとどまる、というものだった。もちろん万一の場合に備えて俺は姉の体を支える準備はしていたのだが、予想は外れて、姉の体の軸はぶれず、ただ笠を拭く手の動きが倍速になった。

姉がコメントする気配がないので、俺はリュックの中から、預かってきたものを取り出した。まずはティジェッレ。エミリア・ロマーニャ名物のパンだ。

「正月、イタリア行ってたんだってさ、松崎さん。これ、お土産だって」

「あらまあー」

「まあー」が異常に長い。手の動きもさらに激しくなっている。

「サラミとラルドもくれたから、今日、前菜でちょっと出そうかと思ってさ。限定十人分くらいだけど」

「いいわねえー」

姉はそこでようやく振り返り、ティジェッレを見、それから俺を見て、ニッコリ笑った。

俺も笑い返した。俺たちはしばらくそのまま見つめ合っていた。とうとう姉が、

「ツアー?」

と聞いた。

「へ？」

「ツアーとか、そういうので行ったの？　松崎さん、イタリア？　何人？」

外国人の日本語みたいな聞きかたで、姉が知ろうとしているのはつまり「松崎さんはイタリアへ恋人と行ったのか」ということなのだと俺は察した。「いやいやいや」とめいっぱい首を振る。

「あのひとがツアーとか無理に決まってるじゃん。いつものごとくだよ。ふらっとひとりで出かけたんだって。ひとりひとり」

これは真実だったから、俺は力を込めて「ひとり」を連発した。

「あら、そうなのね。新婚旅行とかじゃなかったのね」

姉は脚立を降りてきた。

「新婚旅行って……まだ結婚してないし」

現時点ではこれもいちおう真実だ。

「あら、まだだった？」

どっちでもいいことだけどね、という顔を姉はした——というか、しようと試みているのがわかった。俺は足下に置いたリュックを取った。ティジェッレを出したあとも、それはまだ重い。

「こっちは姉ちゃんにって」

小さな紙袋を取り出して姉に渡す。姉は「あらー」と言って受け取ったが、袋を開ける指先が微《かす》かにふるえている。

中身は樹脂製のブローチだった。ボローニャの斜塔にキングコングが跨《また》がっている。そのちゃちな、ばかばかしい土産物を、姉は掌にのせてしばらくじっと見下ろしていた。それから、自分がそうしていることに気づいたらしく、ぱっと顔を上げた。姉は微笑む。

「松崎さんっておもしろいわね」

「そうだね」

俺はとりあえず同意した。松崎さんはたまにこういったものを、姉のために買ってくる。旅行土産だけでなく、町で目について「偲さんならこういうの、喜ぶんじゃないかって気がして」という理由で。たしかに姉は喜ぶ。でもその喜びかたは、松崎さんが思っているよりずっと重い。そして現在の、松崎さんが姉ではないどこかの女を妊ませて結婚を考えている、という状況下で、その重い喜びに何が加わるのか、あるいはその重い喜びがどんなふうに変質するのか、俺はあまり考えたくない。だから俺のリュックも重くなるのだ。

姉は鼻歌を歌いはじめた。歌いながら脚立をたたみ、厨房の奥の倉庫へ入っていった。きっとしばらく出てこないだろう。自分ではほんの一瞬のつもりで十数分、ブローチに見入っているだろう。そしてバッグの中に大事そうにしまうのだろう。今夜家に帰ると真っ先にそれを取り出して、今度は思うさま、一時間でも二時間でも眺めるのだろう。抱いて寝たりもするのかもしれない。

「その瞬間」のことを、俺はありありと覚えている。

あれは俺が十七になったばかりのときだった。二月四日の、十七の誕生日の翌日だったのだ。前の晩、バースデーパーティめいたものを開いてもらった恵比寿《えびす》のバーで、原因は忘れたのだが揉めごとが起きて乱闘になって店から通報されて、俺は渋谷警察署に一晩泊まる羽目になった。あの頃、俺はバカなガキから、幾分バカじゃないガキへの過渡期だったのだ。迎えに来たのが松崎さんと姉だった。身元引受人として、どういうわけか二人ともに連絡が行ったらしい。

俺たちは三人で、近くのうどん屋に入った。「ごはん、食べていきませんか。近くにわりと旨いうどん屋があるんで」と松崎さんが言い、「あ、いいですね」と姉が答え、俺は猛烈に腹が減っていたので、二人に従ったのだ。ちょうど昼飯時だったとはいえ、今考えればそのタイミングで三人揃って飯を食う必然性はなかった気がするが、松崎さんも姉もたぶん、こういう場合は一緒に飯を食うものだと何となく思っていたのだろう。

四人掛けの掘り炬燵《ごたつ》式の席に着いて、それぞれが注文したうどん——松崎さんが鴨南蛮《かもなんばん》のもりで、姉が鍋焼きうどんで、俺がかけうどんと天丼のセット——が運ばれてくるまでの間、松崎さんが「びっくりさせないでくれよ」というようなことを言い、姉が「そうよ、警察から電話があるとびっくりするのよ、死んじゃったのかと思ったわよ」というようなことを言った。それから二人は、もう少し役に立つことはこの人が言ってくれるだろう、という顔で互いを窺《うかが》っていたが、その役を自分が請け負おうとはしなかったので、俺は説教されずにすんだ。

結局、俺たちはしずかにうどんを啜《すす》った。どうやら今日はこのまま解散になりそうなことに俺はほっとし、空腹も落ち着いてきて、そうしたら今更、ああそうだ松崎さんと姉とは初対面だったんだ、ということに気がついた。

「あの、松崎さん、これは俺の姉です」

だから俺はおもむろにそう言った。姉には、

「姉ちゃん、松崎さんはイタリアンのシェフなんだよ。俺、今、彼のところで働いてるんだよ」

と言った。すると二人はうどんからそろそろと顔を上げて、互いを見た。

「うん、そうだと思ってたよー」

と松崎さんが言い、

「ええ、そうですね。そういう感じだと思ってました」

と姉が言った。二人はまた互いに次の言葉を譲り合うふうだったが、結局それきりにな

って、再びうどんに戻った。

あらためて名乗り合うとか、弟がご迷惑をおかけしましてとか、いやいやどういたしましてとか、そういうやりとりはないのか。俺はそう思ったけれども、それを口に出すとやぶ蛇になりそうだったので、天丼の残りを腹に収めることに戻った。シシトウの天ぷらを半分、口に入れたときだった。松崎さんが不意に「わあ」と声を上げた。

「爪の形が、とてもきれいですね」

姉の爪のことを言っているのだと、俺にはすぐにわかった。なぜならそれが「とてもきれい」だということを、俺は知っていたからだ。前にも言った通り俺は姉がきれいな女だとずっと思っていて、しかしその頃は、一般的な意味での美女というわけではないらしいと薄々勘づいていたのだが、それでも姉の爪にかんしては、一般的な意味でも申し分なく美しい、と見做《みな》していたのだった。それは小さなうすい卵の殻を縦に割って指の一本一本に貼りつけたような、完璧な楕円《だえん》形の爪なのだ。

姉という女の、こんな小さなパーツの美しさに気がつくためには、それなりに姉と親密にならなければならないだろう。俺はそう思っていたから、出会って一時間足らずでそこに着目した松崎さんに感心した。それから俺は姉の反応を観察した。単純に興味があったのだ。姉は唇を半開きにして固まっていた。すぐに息を吐き出すように笑って「まあ、ありがとうございます」とそつなく応えたのだが、その前に一瞬、その唇がふるえるのを俺は見た。何か不自然な、スムーズではない動きだった。

その意味が、そのときはわからなかった。だが後日、姉が松崎さんと会う二回目の機会がやってきたとき、俺はあっさりと理解したのだ。あのときのあれは、姉が恋に落ちた瞬間だったのだと。その時点で、姉が松崎さんにイカれていることは疑いようがなかった。そして以後は、その事実は俺だけじゃなく姉と松崎さんが一緒にいるところに出くわしたすべての人が察知するところとなった。姉の恋は今や公然のひみつであって、そのことに気づいていないのは姉だけなのだ。

では松崎さんはどうなのかといえば、俺は確信が持てずにいる。松崎さんの姉に対するぼけっぷりや、彼女への好意の無邪気さには、どこか彼の料理に通じるもの——精巧さや熟慮——があるような気がする。松崎さんが「すごい男」であるのはたしかなのだが、ひょっとしたら「ずるい男」でもあるのかもしれないと、俺はこの頃考えている。そしてそのずるさというのは、料理の腕と同様に、俺を上回るとんでもないレベルのものではないのか、と。

さて、店だ。

あるいは夜だ。

毎日必ず夜が来て、客が来て、沙世ちゃんやなな美ちゃんや初子ちゃんが来る、というのはすばらしい。経済以外の面でも、俺の人生はそのことによってまったく豊かなものになっている。たぶん姉もそうだろう。だから俺は今夜もはりきる。「いらっしゃい」と言い、「よう」と言い、「久しぶりじゃん」と言い、「元気だった?」と言う（それらの最初の挨拶を使い分けることに頭を使いもする）。

「どーもー」

というのは、初子ちゃんが来たときに言った。声に出してから、ちょっと不自然に響いたなと俺は思った。今夜、俺には重要案件があり、それは「初子ちゃんと寝る」ということだったので、やや考えすぎてしまったのかもしれない。最初の客が一回転したところで、俺に近い正面の席も空いていたのだが、初子ちゃんはいつものようにそこを避けて、右側のカウンターの端に座った。

「ティジェッレってなんですか」

初子ちゃんは姉に聞く。姉が説明をはじめたので、俺は現物を掲げて見せた。初子ちゃんは頷き、「じゃあ、それ」と姉に言う。あいかわらずの初子ちゃん方式。一回寝ると、店での態度ががらりと変わる女もいるが、初子ちゃんはまったく変わらないタイプだ。そう——俺は初子ちゃんと寝てしまったのだった。寝ないほうがいいんじゃないかと思える女というのがいて、初子ちゃんがそうだった。むろん、彼女のことを疎《うと》ましく思っていたわけではない。ただ何となく、初子ちゃんのことはそのままにしておくべきだと感じていた――波打ち際の砂の中に半分埋まっている小さなきれいな瓶を、掘り出すよりも遠くから眺めていたほうがいいんじゃないかというような気分で。にもかかわらず、彼女があんまり可愛いことを言ったりやったりするのでがまんできなくなって、寝てしまった。去年の秋のことだった。

そしてそれきりになっている。これは俺としてはめずらしいことだった。初子ちゃんとのセックスが良くなかったということではない――俺は、良くないセックスの責任を女に負わせる主義じゃないし、そもそもそれはすごく良かったし。どうしてだかはわからないが、波打ち際の瓶は、やっぱり掘り出すものじゃないんだと感じている。

でも、二回目をしなくちゃならない。なぜなら、初子ちゃんが待っているのがわかるからだ。瓶を掘り出してしまったのなら、大事にしなければならない――大事にできる間は。それに俺だって、したいのだ。寝ないほうがいい気がしているのに、なかなかどうして寝たくもある、それが悩ましいところなのだ。

とにかく、今日は誘おう。

俺はあらためてそう決心して、ティジェッレにナイフを入れる。切れ目にサラミとラルドを挟む。ラルドはつまりラードで、ティジェッレをかるく温めてあるので、ゆっくり端のほうから溶けていく。

姉が皿を運んでいき、初子ちゃんが文庫本を脇に伏せて、それにかぶりつくところを俺は眺めた。初子ちゃんが上目遣いで、ちらりと俺を見る。彼女は、俺に気づかれていないと思っているのに違いないが、もちろん俺はちゃんと気づく（気づかれていないと思っているたいていのことに実際には気づかれている、という事実に、女たちが気づく日はくるのか？）。そうして、ちょっといやらしい気持ちにもなったので、そのいやらしさを味わいながら、鍋を揺すった。鍋の中身はアーティチョークと空豆だ。初子ちゃんのための二品目の前菜。

「マスター、聞いてもいいかな」

皿に盛って姉に渡したところで、正面の客から声がかかった。夫婦らしい男女プラス男、という、最近来るようになった三人グループ。

俺はマスターじゃなくシェフなのだが、むろんそんなことは口に出さず「どうぞ」と応じる。

「マスターの理想の女の条件を、三つ挙げてみてほしいんだ」

「三つですか……」

俺はちょっと考えるふりをしてから、

「かわいい。やさしい。色っぽい」

と答えた。うわーつまんない。おざなり。口々に囃《はや》される。まあたしかにおざなりだが、接客業としてはこれ以上具体的な女性像を口にするわけにはいかないのであり、それに真剣に考えたとしても結局はこの三つじゃないかと俺は思った。かわいい。やさしい。色っぽい。理想というより、それが女というものじゃないのか、と。

「まあいいよ、じゃあね、その三つの条件を兼ね備えた女性が、二人あらわれたとしたらどうする？　どっちか一人選ぶとき、何を決め手にする？」

「選ばないとだめなんですか」

「そう言うと思ったよ。だめなんだよ」

「じゃあ、より熱心なほうで」

「熱心って、何に？」

「俺に」

「うえー」

最低な答えだとか、結構当たってるんじゃないかとか三人は笑いながら言い合っている。

この設問は心理テストで、ようするに最後にひとりに絞るときの「決め手」が、回答者が最も重要視している条件ということになるらしい。

「熱心さっていうのはどうやって計るわけ？」

「まあ、道の真ん中にひっくり返って駄々こねるとか、俺んちに居着いて帰らない、とか」

「実際それやられたら、逃げるだろう、マスター」

「そうっすね。逃げますね」

客たちは笑う。もう十分だろうと判断して、俺はオーブンのほうへ行った。太刀魚がいい具合に焼けている。柔らかい身を崩さないように注意深く皿に取り、赤玉葱の甘酢煮をのせる。これは左側の年配のカップルのところへ。

「初子ちゃん、パスタもう作っていい？」

声をかけると、初子ちゃんはぱっと振り返り、教師に当てられた生徒みたいに「はい」と大きな声で答えるとすぐに元の姿勢に戻った。かわいいよなあ。俺はしみじみし、ぜったいに今夜誘おうと決心を新たにする。どうして今日まで誘わずにいたのか不思議になってくる。

夕方粉を打ち、乾かないようにしておいたオレッキエッテを茹ではじめる。途中でチーマ・ディ・ラーパも一緒に茹でる。菜の花に似たイタリア野菜だ。初子ちゃんのメニューはほぼ百パーセント姉のサジェスチョンによって構成されているわけだが、今夜は早春のコースだ。姉は、センスがいい。

オリーブオイルで大蒜とアンチョビを温めたフライパンの中に、チーマ・ディ・ラーパとパスタを加える。野菜の緑がオイルに溶けて、オレッキエッテにまといついていく。いい景色だ。シェフとしての俺は、もちろんいつでもベストを尽くす——客によって料理への情熱を調整したりはしない。が、それでも、今夜抱くかもしれない女のために料理するというのは、かくべつにおつなものだ。俺が作った料理を食べた女を俺が食べる。その考えは俺を興奮させる。

ここで俺が思い浮かべる、女を目的語とした「食べる」という動詞は、一般的に男たちが使う下品で粗野なものではない（「下品で粗野」も、俺はきらいなわけじゃないが）。もっと厳粛で、根源的なもの。本来の「食べる」に近い、あるいは同じもの。

できあがった皿を、俺は自分で運ぶことにした。初子ちゃんの前に置くとき、ちょっと身を屈めて「来てよ」と囁《ささや》き、皿の陰に俺の部屋の鍵を置くことにしよう。

だが、鍵をポケットに入れ、皿を手に持ったとき、入口のドアが開いた。入ってきたのは、なな美ちゃんだった。

澄みきった晴天。

マンション前の道路に、俺と女の影が映る。

ふたりともダウンを着ているから影も膨らんでいる。二本のサボテンみたいだ。俺たちのダウンは同じブランドで、それは俺が着ているのがかっこよかったから真似して買ったんだと昨夜彼女から教えられた。俺は十メートルほど先の自動販売機まで歩き、コーラを買ったが、べつに飲みたくもなかったことに気がついた。すぐに女が追いついてきて、「喉渇いたの？」と聞く。

俺は曖昧《あいまい》に微笑んだ。自販機でコーラを買った男に向かって「喉渇いたの？」と聞く、女のそういう意味のない言動をつまらないと感じるかかわいいと感じるかは、やっぱりその女への入れ込みかたに左右されるもんだよな、と考えながら。

「飲む？」

どうでもいいこと聞くなよと言い放つかわりに、俺はコーラをなな美ちゃんに差し出した。

「じゃあ、また」

バス停まで一緒に歩いてから、俺は自転車に跨《また》がる。なな美ちゃんは今日仕事が休みなのだそうで、昼まで一緒に過ごしたそうだったのだが、電話がかかってきたので助かった。まあ、そっちの用件も、気が進むわけじゃないのだが。

松崎さんの部屋の前に、段ボール箱はあいかわらずひとつだけだった。室内も昨日と何も変わっておらず、ただ松崎さんの横に、眼鏡の女がいた。

「杏ちゃん、これがリコちゃん。リコちゃん、彼が杏ちゃん」

松崎さんが、簡潔に紹介する。どうも、と俺は頭を下げた。リコちゃんはスレンダーで垢抜《あかぬ》けた美女だった——それもかなりのレベルの。

「こんにちは。お呼びたてしてごめんなさい」

リコちゃんはニッコリ微笑む。自分の容姿について、たっぷりと自信を持っている笑いかただった。

「思ってた以上にイケメンでビックリ」

　リコちゃんは滑らかに言う。

「思ってた以上に美人でビックリ」

　と俺は返した。

「美男美女だね」

　と松崎さんが意味なくまとめる。

「じゃあ、飯にしようか」

　え、いきなりですかと俺はちょっとびっくりする。たしかに今日「リコちゃんが作る昼飯をごちそうしたいから」という理由で俺は松崎さんに呼び出されたのだが、それにしてもまだ十一時前だ。

　しかしリコちゃんは再びニッコリ笑うと、一礼してキッチンへ向かった。心得てる女だな、と俺は感じる。口数が少ないことにも、色褪《いろあ》せたスキニーデニムにおそらくカシミア百パーセントの深紅のVネックセーターというファッションにも、黒縁眼鏡にも、容姿への自信同様にじゅうぶんに心得た感がある。

「じゃあ、できるまで、奥の部屋片付けてるねー」

　松崎さんは不自然に大きな声で言い、俺の袖をそっと引っ張った。それで俺たちは、隣の部屋へ移動することになった。積み重なった本の奥、家の中で風呂場を除けばリコちゃんから最も遠い場所だ。ここへ来た俺のほうの目的は、松崎さんとリコちゃんの関係の真実を探ることだったのだが、それは目下のところまったく見えない。

「ごめんね、来てもらっちゃって」

キッチンから水音が聞こえてくるのを待って、ひそひそ声で松崎さんが言う。いや、会ってみたかったから、と俺も小声で答えた。

「リコちゃんさ、疑ってるんだよ」

「何を」

「僕が本気で考えてないんじゃないかって。本気だったら、家族に会わせろって。でも僕の両親はもうこの世にいないし、妹はニューヨークだろ？　だったら一番弟子の杏ちゃんに、ってことでさ」

「なるほど……」

つまりこれがひとつの答えというわけか、と思いながら俺は頷いた。つまり松崎さんのリコちゃんへの本気は、もはや疑いない、ということなのか。

それはつまり俺が、なんだかんだいって疑っていた、ということだった。いや、望みをかけていた、というべきか。この「できちゃった婚」に関する松崎さんの態度には、どことなく不自然なものがあった。とはいえ、松崎さんという、とらえどころのない男の、

「自然」がどういう状態なのかといえば覚束《おぼつか》ないのだが。

「できたわよー」

朗らかなリコちゃんの声が響いた。ダイニングに行くと、テーブルの上のものがきれいさっぱり片付けられ、三色のランチョンマットと色を合わせた三色のボウルがセッティングされていた。ボウルの中で湯気を立てているのはラーメンで、見たところインスタントラーメンだったが、食べてみてもやっぱりインスタントラーメンだった。葱すら入っていない、インスタントラーメン以上でも以下でもない食べものだ。

松崎さんは、ややショックを受けているようだった（もしかしたらこれがリコちゃんの手料理を食べるはじめての機会だったのか？）。ちらりと俺を窺ってから、

「このボウル、かわいいね」

という感想を述べた。

「でしょう？　イッタラなの。その赤いのは、今年の限定色よ」

リコちゃんが俺のボウルを指して微笑む。俺はとくに感想は伝えず、食べることに集中した。インスタントラーメンは熱いうちに食うことが肝心だし、口に出せるような感想が浮かばなかったからだ。

もちろん俺は、インスタントラーメンを難じていたわけではない。人を食事に招待したとき、どうもてなすかについては人それぞれに考えかたがあるだろう。俺が考えていたの

はリコちゃんのことだった。松崎さんの本気が疑わしいから俺に会わせろと要求し、その招待の席の昼食に、インスタントラーメンをイッタラのボウルに盛りつけて出す女。いや、難じているわけではない。ただ、心得ている、と感じた。この女はとにかく心得ている。ある種の感心だったかもしれない。しかし「心得ている」というのは、俺にとっては理想の女の条件に入らない。この前の心理テストで条件の数が三つから百に増えたとしても、どうしたって入らない。

ここしばらくMに電話していなかった。

深夜、店を閉めてマンションに戻ってくると、俺はまっすぐに屋上に上がった。ソファに掛けて、携帯電話を操作する。呼び出し音を数える。屋上の四隅に取り付けられた常夜灯が、俺の影を作っている。今夜はひとつだ。俺は影をじっと見る。

「はい」

呼び出し音九回目でMは出た。

「繋《つな》がったね」

と俺は言った。

「繋がらないほうがよかったみたいね」

Mはしずかな、かるい声で言う。

「賭けをしてたんだ」

「どんな？」

「もしも今夜繋がらなかったら、終わりにしようって」

「やだ、ひどい」

上手に媚《こび》を含んだ口調でMは怒ってみせた。

「嘘だよ」

と俺は言った。

「嘘なの？」

「俺にはMが必要だからね」

「私にもあなたが必要よ」

「本当？」

「ほ、ん、と、う」

囁き声が俺の耳をくすぐる。

「あっ」

「どうしたの？」

「いや、なんでもない……ちょっと、思い出したことがあって。どうでもいいことだよ」

「そうやって、私を攪乱《かくらん》しようとしてるのね」

俺は笑った。思い出したのは、そういえば今夜は初子ちゃんは店に来なかった、ということだった。来たら、今夜こそ寝ようと思っていたのに。

本日のメニュー 5

ホワイトアスパラガス、三種のソースで
下《しも》仁《に》田《た》葱《ねぎ》とゴルゴンゾーラチーズのグラタン
鰯《いわし》のブカティーニ、松の実とフェンネルの香りシチリア風
トリッパのアッラビアータ
インドへ行く女

ドレスのことを考えていたら眠れなくなった。

午前四時、もう眠るのをあきらめて、私はベッドを出て服を着た。

キッチンで小さな電気ストーブをつけて、ココアを作る。小鍋の中でココアの粉と砂糖と少量の水とをよく練って、つやつやにする。夜をもてあましているときにはココアは最適な飲みものだ。牛乳を少しずつ注ぐ。

キッチンチェアに座り、熱いココアを啜《すす》りながら、そこにあった文庫本をめくった。『カラマーゾフの兄弟』の第一巻。父の忘れものだろう。この小説は私も高校生のときに読んだ。フョードル・カラマーゾフはろくでもない男だが、父に似てなくもない、というのが最初の感想だった。きっと父自身もそう思っているのだろう。だからこそ何度も読み返しているのだろう（文庫本はボロボロだ）。忘れたのではなくわざと置いていったのかもしれない。

思わせぶりなプロローグを読んだところで集中できなくなって、私は文庫本を閉じた。するとシンクの上の電灯が目に入ってしまう。電灯には紐《ひも》がついていて、紐の中程にはブローチが留めつけてある。この前、松崎さんからもらったイタリア土産。キングコングがボローニャの斜塔に登っているおもしろいブローチ。

私はブローチから目を逸《そ》らした。すると今度は、冷蔵庫が視界に入る。冷蔵庫の扉にはきれいなカードや家族のスナップや、「湯豆腐のたれのベストの配合」をメモした紙なんかが貼《は》ってあるのだが、私の目はまっすぐに、マグネットの上に留まる。ハンサムなアジア人の青年の顔写真をラミネート加工したもので、漫画の吹き出しのようなものの中に、ハングルが書いてある。こいつが誰なのかも、なんて言ってるのかもわかんないんだけどさと、これを私にくれるときに松崎さんは言った。もちろん私はすぐに調べた――男性が誰なのかはわからなかったが、ハングルの意味は「俺の大好物」だった。意味を知らずにくれたことを知っていても、どきどきしてしまった。私はばかだから。

庭に出ることにした。

二月の明け方に用もないのに外に出て行くなんて、それこそばかげていると思ったが、眠れない夜に家の中は危険だということがよくわかったから。松崎さんが時々くれるちいさなプレゼントを、私は家の中のあちこちに散らしている。まとめて置いておくと、きっと私は四六時中それればかり眺めてしまうからだ。でも、散らしておいたところで、その場所のひとつひとつを覚えているのだから同じことだった。

ダウンコートを着て、玄関から長靴を持ってきて、掃き出し窓から外に出た。冷たい外気に体を縮めながら、しばらくうろうろと歩きまわった。長靴が出してあったのは、数日前に少し雪が積もったからで、日陰の部分にはまだ残っている。そこにざくざくと足形をつけて歩く。少し寒さに慣れてきたので、ブランコのベンチに座った。このブランコはずっと昔に鎖が切れたままになっていて、だからベンチは地面の上に不安定な角度で置いてある。

お尻をつめたくし、白い息を盛大に吐き出しながら、結局のところ、私はまたドレスのことを考えはじめた。わかっていたことだが、逃げ場はないのだ——松崎さんは私の頭の中にいるのだから。

私が子供の頃、母も夜中にこのブランコに乗っていた。父がいない夜。あの頃、鎖はまだ切れていなかったから、キイキイという音で私は目が覚めたのだ。窓のカーテンの隙間から母の姿を目撃したあとは、キイキイという音が聞こえてきても見にいかなかった。ベッドの中でただ音だけを聞いていた。

今、この家にいるのが自分だけであることを私は幸いに思った。こんな有様は、父にも杏二にも見せたくない。

午前十時十一分、砂の中から引きずり出されるように目が覚めた。

呼び鈴のせいだ——今日は店が休みだから、昨夜の睡眠不足をカバーすべく昼過ぎまでだらだらしていようと思っていたのに。

「なんだよ、その顔」

杏二はいつものダウンにいつものリュックを背負って、ごついワークブーツを三和土《たたき》に蹴《け》り散らかしてずかずかと上がってくる。この家に来るとこの弟のふるまいはあっさり十代の頃に戻ってしまう。

「何の用?」

私はカーディガンの前を搔《か》き合わせた。庭から戻って、服のままベッドに倒れ込んだので、寝坊していたことは知られずにすむだろう。

「いや、ちょっと、捜しものとかあったから……っていうか、ここ俺んちだし」

「あんたんちじゃないわよ、もう」

私はとげとげしく言ってやった。

「出ていった人には、何の権利もないのよ」

「機嫌わるいなあ」

　杏二は肩をすくめると、すたすたと自分の部屋に行ってしまった。こういうときだ――私が、世界史の教科書に載っていたドラクロワが描くフランス革命の女神みたいに、彼にかかわったすべての女を率いて咆哮《ほうこう》しながら進軍したくなるのは。

　そのあと自分の部屋にいると、杏二の部屋から音楽が聞こえてきた。彼が中学生の頃に小遣いを貯《た》めて自分で買ったラジカセが、まだ使えるのだろう。男性ヴォーカルが高音でそれこそ咆哮するやかましいロック――私はロックに疎《うと》いから、それ以上はわからないけれど、聞き覚えのある曲だった。きっとあの頃、彼が繰り返し聞いていたのだろう。くぐもった音のせいでうるさくは感じず、むしろ心地よくてうとうとしてきた。

「昼飯食うだろ?」

　再び、杏二に起こされた。ドアから覗《のぞ》き込んでいる。私は起きていたふりをしながら、食べると答えた。実際、お腹《なか》が空《す》いている。

　うちの冷蔵庫の乏しい中身で弟が作ってくれたのは、蕪《かぶ》のスープと、塩鮭と卵のチャーハンだった。チャーハンの上には、捨てるつもりでいた葱の青いところをごく薄く刻んでごま油で炒めたものがたっぷりとのっている。

「もっと頻繁に帰ってきなさいよ。ここはあんたのうちなんだから」

　一口食べて、あまりにもおいしかったので、私はそう言ってしまった。杏二は慈悲深い表情で頷《うなず》いた。実を言えばそういうところにも私は進撃したくなる。

私たちはダイニングのテーブルで向かい合っている。私の側からは中庭が見え、壊れたブランコが見える。

黙々とチャーハンを口に運んでいた杏二は、ふいにその手を止めると、振り返って庭を見た。

「あーあ」

と伸びをする。なんだかわざとらしいわねと思っていたら、

「いい天気だねえ」

と続けた。

「そうでもないんじゃないかしら」

と私は意見を述べた。今日は寒々しい曇天だ。

「休日はどんな天気だっていい天気さ」

臆《おく》するふうもなく杏二は答える。

「飯食い終わったら、映画でも行くか」

どうしてそんなものに誘われるのかわからなくて、私は思いきり眉を寄せた。

「たまには、いいじゃん」

「映画ねえ」

それもいいかもしれない、と私は考える。少なくともスクリーンと向かい合っている二時間は、ドレスのことを考えなくてすみそうだし。——いや、すむだろうか。

「杏ちゃん、観《み》たい映画でもあるの？」

「いや……とくにないけど」

「じゃあ、映画はやめて、私に付き合って頂戴《ちょうだい》」

杏二は頷いた。理由はわからないが、今日の弟は私の言いなりになると決めているらしい。

生涯、絶対に入らないだろうと思っていた店に、この際だから入ってみることにした。根津美術館に近いので、その店の前を通ったことだけは、何度かあった。私はロック同様にモードにも疎いが、その店が「最先端のモードなブティック」であることくらいはわかる。

「ここ？」

ガラス張りのドアの前で杏二は一瞬、躊躇《ちゅうちょ》する。

「ここよ」

「ここかあ」

仕方なさそうに弟が一歩踏み出すと、ガラスのドアが音もなく開いた。ブティックというよりギャラリーを思わせるその店内に、黒いオブジェみたいに立っている店員のうちのひとりがくるりと振り向き、ニッコリ笑って会釈《えしゃく》する。こういう店では「いらっしゃいませ」とは言わないことになっているのかもしれない。

「こんにちは」

と私は言った。こんにちは、と慇懃《いんぎん》に返しながら、その店員――黒一色の、どこがどうなっているのか私には理解不能なデザインの服を着た小柄な若い女性――は一歩こちらに近づいてきた。

「ドレスをください」

「ドレス」

「はい。結婚式のドレスを選んでいただきたいんです」

「結婚式。あの……お客様の？」

「いいえ、違います。他人の結婚式。他人、っていうか、知人。友人。結婚するのはそのひとです」

「ああ……なるほど」

女店員は頷くと、壁際に吊《つ》り下げられた服のほうへするすると移動した。対応が素早い。「いらっしゃいませ」とは言わなくても、接客能力は高いのかもしれない。

女店員が離れていくと同時に、私の斜め後ろに別種のオブジェみたいに突っ立っていた杏二がこそこそと近づいてきた。

「結婚式の予定なんかあったっけ？」

あったでしょ、と私は答えた。

「誰の？」

「松崎さんのに決まってるでしょ」

「え。招待状とか来たの？　俺見てないけど」

「まだ来てないけど、きっとそのうち来るでしょ」

杏二は微《かす》かに眉を寄せて黙り込んだ。そのとき女店員が服を持ってやってきた。

「ワンピースとジレを合わせてみましたが、いかがでしょうか。ジレはほかにファーのタイプもございます。ご試着なさいますか」

それはやっぱり黒一色の、どこがどうなっているのか私には理解不能の服だった。ジレと彼女が呼んだものには、鳥の羽みたいなものが一面にふわふわとくっついている。

「これ、着てみるの？」

と杏二が聞いた。

「着てみるわ」

と私はきっぱり頷いた。

「着てみるのか……」

杏二があきらめたようにそう言ったので、私は女店員に従って試着室へと向かった。

ほかのブティックにはもう行く気がなくなった、と言うと、杏二はほっとした顔になった。

かといってこれから映画を観るには半端な時間で、私と弟は六本木通りに面したカフェ・バーに入った。

細長いテーブルに並んで座り、弟はビールを、私はホットワインを注文する。午後五時少し前、客はまばらだ。テーブルの反対側の端で、外国人男性と日本人女性のカップルがかなり酔っ払っている様子で、英語の賑《にぎ》やかな声を上げている。彼らが食べている料理の濃い匂いが私たちのところまで届く。

ホットワインを啜ると、私の口から「ああ」という声が洩《も》れた。どういう意味の「ああ」なのか自分でもよくわからなかったが、とりあえずワインがおいしくて出た声にしておこうと思い（実際おいしかった）、杏二の前にグラスを滑らせた。

「うん、うまいね」

杏二は素直に頷くと、ビールを飲むかと目顔で聞いた。飲まないと私は答えて、ホットワインをもう一口啜った。熱い液体が喉を滑っていくと、なぜか泣きたくなった。

「あの服、やっぱり買えばよかったな」

泣かないためにそう言った。

「いや……買わなくて正解じゃないか」

杏二はためらいがちにそう言った。

「そんなに似合わなかった？」

「うーん……ああいう服を着た姉ちゃんを見たのははじめてだからなあ」

「じゃあ見慣れればいいんじゃない？」

「どうかなあ……なんかこう、いいとか悪いとか、似合うとか似合わないとか、そういう判断がむずかしい服だったなあ」

「やっぱり戻って買おうかしら」

「やめとけって」

杏二は少し強い声を出した。

「だいたいあの店、とんでもない価格設定だったじゃん。あの羽のついた布きれひとつで三十数万とかだったろ？」

「貯金下ろせば買えるわよ」

「そんなことに貯金使うなって。松崎さんが結婚式するかどうかもまだわかんないんだぜ？　そもそも結婚だって」

「……まだわからないの？」

私が思わず身を乗り出すと、杏二はぐっと詰まって「まだわからないかどうか、わからないけどさ」としぶしぶ言った。

私はホットワインを飲み干した。もう一杯ずつくらい飲みましょうと杏二に言うと同意したので、私はラムのお湯割りを、弟は二杯目のビールを頼んだ。弟の前で泣き出す危険はどうにか回避できた。実際のところ近頃の私は、体中に「泣きボタン」がついているかのように始終泣きたくなるのだが、だからといって始終泣いていられるわけもない。

テーブルの端のカップルの声が聞こえなくなり、杏二とふたり同時にそちらを窺《うかが》うと、食べ終えた皿の上に双方から首を伸ばしてキスをしていた。濃厚な、日本国内の公共の場で見ることはめずらしいキスだ。私たちは無言で顔を元に戻し、それぞれの飲みものを一口ずつ飲んだ。

「どうする。ここでだらだら飲みながら何か少し食う?」

杏二が言い、そうね、と私は答えた。

「そのあとクラブでも行くか」

「そうね」

「結婚したって関係ないじゃん」

私は杏二の顔を見た。

「なにが?」

「いや、えーと……結婚したって、きっと松崎さんはそんなに変わらないんじゃないかなって」

「ええ、そうでしょうね」

私は同意したがまた少し悲しくなってきて、それをごまかすためにメニューを開いた。結婚したら、むしろ私の全然知らない男の人に変身してくれたほうがましだ、と思いながら。

「相手が結婚してようがしてまいが、俺には関係ないね」

「まあ、あんたはそういうタイプよね」

「結婚してる女とだって、俺は恋愛するよ」

弟は酔っぱらいの口調でそう続けたが、この程度のアルコールで酔うはずもなく、あきらかに酔ったふりをしていた。

「あんたがふだんやってるようなことを恋愛と呼べるならね」

そう言ってやると、杏二は「う」と胸を押さえて死んだふりをした。

ウェイターが足早に近づいてきて、呼び止める間もなく通り過ぎる。その抱擁がいっそう強く激しいものになっていたカップルに警告しに行ったのだった。場所を移して抱擁し直すことにしたらしい彼らが、私たちの前を通り過ぎるとき、男のほうがなぜか私に向かってウィンクした。

月曜日、「アモーレ」のカウンターにはフレッシュホワイトアスパラガスが山になっている。

春先しか食べられない、私の大好物。人生最期のひと皿がもし選べるなら、ホワイトアスパラか筍《たけのこ》だと決めている。春の野菜には見た目といい香りといい、何とも言えないなまめかしさがある。

「ソースは三種類作るよ」

「いいわね」

ホワイトアスパラガス、三種のソースで、と私は黒板に書いた。

今日は店内に低く音楽がかかっている。杏二がラジカセを持ち込んだせいだ。

「これ、誰?」

と私は聞いた。

「エアロスミス」

「ふうーん」

下仁田葱を持ち上げてみながら、弟は、クスリと笑う。聞いてもどうせわからないくせに、とでも思っているのだろう。その通りなのだが。

「昨日、あれからまたどこか行ったの?」

昨夜、私たちは結局カフェ・バーに十二時近くまでいて――途中からワインを二本空け、ルッコラのサラダと砂肝のコンフィと羊の塩釜《しおがま》焼きを食べた――、杏二が私を家まで送ってくれたのだった。そのとき弟はラジカセを持ち帰るためにいったん家に上がったが、泊まってはいかなかった。

「まっすぐ帰ったんだけど、ちょっと遅かった」

「遅かったって？」

「女の子が来ることになってたんだ。待ちくたびれて帰っちゃってた」

何時の約束だったのかと聞くと、九時だというので私は呆《あき》れかえった。

「最低ね、それ」

「鍵渡してたから、中で待ってると思ったんだよ。でも部屋には入らなかったみたいでさ」

「じゃあずっと外で待ってたってこと？　二月の夜に？」

「いや、わかんないんだけど。そもそも来なかったのかもしれないし」

私は胸が痛んだ。来なかったなんてありえない。もし弟が部屋に着いたのが十二時半だとしたら、きっとその娘《こ》は十二時二十五分まで待っていたのだろう。ある関係において、より多く愛する者は、そういう運命に見舞われることが決まっているのだ。

「約束のこと、忘れてたの？」

「忘れてたわけじゃないんだけどさ」

だとすれば私にも責任がある。

「誰なの？」

水音で会話が中断された。弟が葱を洗いはじめたのだ。

「葱はグラタンでどうかな。ゴルゴンゾーラで」

水を止めて話題を変えた弟に、「いいわね」と答えてから、「誰なの？」と私はもう一度聞いた。

「初子ちゃん」

「まあ」

実際のところ、私の質問にも、答えを聞いたあとの感嘆にも、意味はなかった。相手の娘の名前が知りたいというよりは、杏二の態度が微妙にいつもと違うことが気になっただけだから。

それにしても、初子ちゃんだったら、間違いなく十二時二十五分まで待っていたことだろう、と私は思った。もしかしたら十二時二十九分までかも。

杏二が厨房《ちゅうぼう》からこちら側に出てきた。ラジカセをいじっていると思ったら、それまでの曲が途切れて、べつの歌手の声が流れてきた。ブルース・スプリングスティーンだよと杏二は、私が何も聞かないのに言った。郷愁、郷愁、と、よくわからない付け足しをした。

その夜の客のほとんどが、前菜にホワイトアスパラガスを注文した。

三種のソースで、ひとりに三本食べてもらう。まずはオーリオ・リモーネ、これはオリーブオイルとレモンと塩胡椒《こしょう》だけのシンプルなソース。二本目はバーニャカウダソースで。三本目はクリームソース。じゃがいもでとろみをつけた生クリームのソースで、トリュフを添える。

「うほほほ」

三本目で奇声を上げたのは石橋さんだ。沙世ちゃんと来ている。別れたと聞いていたが、この頃また一緒にあらわれるようになった。では真行寺くんはどうなったかというと、沙世ちゃんはべつの夜には、彼と一緒にやってくる。どういうことになっているのかは知る由もない。そのうち三人揃《そろ》ってあらわれるのかもしれないと、私は考えている。

「偲さん、パンもう少しくれる?」

石橋さんの声に、「あ、こっちも」という声がべつの席から上がる。三本目の皿には少量ずつだがゆで卵のサラダもついていて、これはホワイトアスパラガスにも合うけれど、パンにのせて食べたくなること必至なのだ。

私はパンを切り、ちょうどできあがったパスタと一緒に客席に運んだ。

「まあ、太い。おうどんみたいね」

今夜はじめて来た老カップルの女性のほうが、無邪気に言った。中は空洞なんですよ、と私は微笑《ほほえ》む。シチリアふうの鰯のソースに合わせているのはブカティーニというロングマカロニだ。

「おいしいわあ。ね、ね、あなた、早く召し上がってみて」

背中に聞こえてきた老婦人の声にほっとして、私は厨房に引っ込んで一息ついた。出窓にラジカセが置きっ放しになっていることに気づく。杏二のイタリア時代の写真や絵はがきを入れた額を並べたその場所で、古めかしいデザインの機械は妙な存在感を放っている。

郷愁、郷愁。さっきの杏二の言葉がふとよみがえった。あのラジカセがまあたらしい姿で弟の部屋にあり、毎晩ロックが聞こえてきた頃、私はまだ松崎さんのことを知らなかった。そんな頃があった、ということが不思議に思える。あの頃に戻りたい？　私は自分にたしかめる。そうして、戻りたくない、と思う。

その客が来たのは十時過ぎだった。ちょうど客が切れたところで、店内にはグラッパを飲んでいる石橋さんと沙世ちゃんカップルしかいなかった。いらっしゃい、と声を放った杏二の顔が、微かにこわばるのを私は見た。

女性のひとり客だった。はじめて見る顔だ。こんにちは。まだ大丈夫かしら。にこやかにたしかめて、正面のカウンターに座った。

「おひとりですか」

杏二が聞いた。

「そう見えない？」

女性は、ころころと笑う。黒縁の眼鏡がよく似合うきれいな人だった。杏二はちょっと憮然《ぶぜん》として——そんなふうな表情を客に見せるのは、めずらしい——、何を飲むかと聞き、女性はビールを注文した。

「あまりお腹が空いてないんだけど、パスタだけでもいいかしら」

「いいですよ」

「トリッパって何？」

「牛の胃袋、ハチノスです。唐辛子入りのトマトソースで煮込んであります」

「面白そう。じゃ、トリッパのアッラビアータというのを、量半分で」

杏二は無言で頷いて作りはじめた。沙世ちゃんが振り返って女性のほうをちらちら見ている。実際、何か奇妙だと私も思う。パスタを半分食べるために入ってくるというのもへんだし、彼女に対する杏二の態度もへんだ。過去に関係した女なのだろうか——そんな女が入ってきたところで動揺する弟ではないはずだけれど。

「リモンチェッロください」

沙世ちゃんが声を上げ、えーまだ飲むのかよーと石橋さんが呻《うめ》いた。沙世ちゃんの気持ちはわかる。眼鏡美女のせいで店内には緊張感が漂っていて——石橋さんには伝わっていないようだが――、彼女の正体を見極めずには帰れない、というところなのだろう。

眼鏡美女は今、バッグから取りだした携帯電話をいじっている。そこに杏二がパスタの皿を置く。はらはらするほど長い間、眼鏡美女はパスタに関心を向けず、それからようやく皿を一瞥《いちべつ》すると、「偲さん」と私を呼んだ。

「はい？」

どうして私の名前を知っているのだろう。

「こんなにボリュームあるとは思わなかったわ。偲さん、半分召し上がらない？　今、そんなに忙しくなさそうだから、いいでしょう？」

「あの……前にお会いしたことありました？」

彼女の申し出にもびっくりしながら私は聞いた。ああ、ごめんなさいと女は微笑む。

「あなた、偲さんでしょう？」

「ええ」

「あなたのことは松崎からよく聞いているんです。だからもう旧知の仲みたいな気分になっちゃってて。私、櫻川理子《さくらがわりこ》です。松崎の婚約者です」

承知しました、と私は答えたようだった。そして気づくと、櫻川理子のパスタの皿を持って、カウンターの空いている席に座っていた。そこからまた記憶が飛んで、我に返ったときには、トリッパのアッラビアータを全部平らげていた。

段ボール箱を抱えたままドアを通り抜けようとしたら、箱がノブに引っかかって私はもがいた。

「なにやってんだ」

父が助け出してくれる。さっき来たのだという。

いい匂いが廊下まで漂っていて、キッチンのテーブルの上には湯気を立てるどんぶりがあった。野菜たくさんのスープに、細い麺が入っている。

「できたてだぞ、食うか？」

「お腹いっぱいなの」

私はそう答えたけれども、結局それを食べてしまった。あまりにいい匂いだったのと、キッチンの椅子に腰掛けたら、じつは空腹であるような気がしてきたからだ。

父はあらためて自分用を作りはじめた。私は食べながらその背中を眺めた。

「この麺、乾麺なのね。おいしいわね」

「蝦子《えび》麺っていってな、茹《ゆ》でると出汁《だし》も出るんだ」

父が食べはじめたとき私は食べ終えていたが、そのまま座って、食べる父を眺めていた。

ふらりといなくなってはふらりと戻ってくるのは、母が生きているときのままだ。遠目には少年みたいに見えるのは、小柄で痩せているのと、姿勢がよくて動きが意外に機敏なせいだ。その機敏さは、老獪《ろうかい》な狡《ずる》さとどこか重なっているにしても。

「それ、なんなんだ」

父は私の足元の段ボール箱を指した。見ての通りよと私は答えた。箱の側面には太いマジックで「ここに猫を捨てないでください」と書いてある。

「ゴミ集積所に置いてあったの。冗談のつもりかもしれないけど、誰かが猫を捨てるといやだから、持ってきたの」

なるほど、というように父は頷いた。それ以上は何も言わない――私がさらに何か言うのを待つ顔で黙っている。そういうところも杏二とよく似ている。

私は段ボール箱の件ではもう何も言わなかった。どんぶりを洗うために立ち上がりながら「眠くなっちゃった」と言った。

「インドでも行ってこいよ」

父が唐突に言った。

「え?」

「インド。たまにはいいぞ。気分が変わって」

まったく、父と杏二はよく似ている、と私は思う。それからふいに気がついた。杏二は、たぶんまだ父よりずっと若いせいで、インドとは言わない。かわりに映画に行こうとか、クラブに行こうとか言うのだ。

というわけで数日後、私は渋谷に出たついでに、デパートの中の旅行社に寄ってみた。

「愛のタージマハールとガンジス河沐浴《もくよく》見学　インド魅惑の八日間」のパンフレットに手を伸ばしたとき、ほとんど同時にそれを取ろうとした手があって、顔を上げると、それは初子ちゃんだった。

本日のメニュー
6

山菜（こごみ、うど、タラの芽、アーティチョーク、筍、ふきのとう）のフリット
ホタルイカと菜の花のスパゲティ
オッソブーコ、ミラノ風リゾット添え
重くて軽い女

インドはラストカントリーだとラッセルは言っていた。

彼が訪れるとしたら最後の国。つまりは、いちばん行きたくない国だということだ。以来、インドというと、反射的にラストカントリー、という言葉が出てくる。英語力が高校止まりである私には、ラストカントリーは逆に、「とっておきの国」みたいなイメージがある。

ラッセルとは、私が英会話教室の事務をしているとき——事務職には英語力は求められなかった——知り合った。はじめての恋人だった。八ヶ月でふられたけれど。

インドへは結局、行かなかった。

時期的に長い休みを取るのがむずかしかったし、一泊二日のインド旅行というのは不可能っぽかったし、なにより、うっかりインドに行ってしまったら、私はもう戻ってこないような気がしたからだ。

それでもよかったけれど、両親は泣くだろうし、さすがにもう少し熟考したほうがいいだろうと思えた。インド永住の理由が「男にすっぽかされたから」というのは、いくらなんでも外聞が悪いだろう。

とはいえ、すっぽかされたというわけでもないのだ。

私はそう考えてみる。

だってあの日、杏二さんはちゃんと帰ってきたのだから。すっぽかしたのは私のほうだ、と言うことさえできるかもしれない。

あの日私は、杏二さんから渡されていた彼の部屋の鍵は使わなかった。他人の部屋にひとりで入る、ということが、いざその場になると思いの外ハードルが高くて。それで、最初はマンションの前で待っていたのだが、杏二さんはいっこうに帰ってこないし、通りかかる人に胡散臭《うさんくさ》げに見られるしで、どうしようかと思ったときに、外階段があるのを見つけた。階段の途中に座っているつもりだったのだが、あと一段、あと一段というふうに、何となく上まで登ってしまい、そうしたら屋上があったので、そこで待つことにしたのだった。

屋上には、雨風に晒《さら》された革のソファが一脚、ぽつんと置いてあった。濡《ぬ》れてないのをたしかめてから、私はそれに座った。すっかりへたっているクッションに体が沈み込むと、杏二さんの匂いがした。これは彼の椅子なのだ。その瞬間、私にはそれがわかった。わかってしまうと、匂いはいっそう濃く私を包んだ。

しょうがない私。一度だけのことだったのに、覚えてしまっているなんて。でもじつのところ、その匂いと一緒だったせいで、あの寒い夜、彼が帰ってくるまでそこにいることができたのだとも思う。長い時間が経った気はしなかった。車が停《と》まる音がして、立ち上がってそっとフェンスに近づき下を覗くと、階段を上がってくる杏二さんが見えた。私はとっさに、街灯の明かりが届かない陰の中に後ずさって体を屈《かが》めた。どうしてそうしたのかよくわからない――自分からのこのこ出ていくのが恥ずかしくて、杏二さんが探しに来てくれるのを待っていたのかもしれない。あるいは、四時間近くも待っていた、と思われるのがいやだったのかもしれない。だったら待たなきゃよかったのだが。

ともかく私は、杏二さんに気づかれることなく、暗がりに身を潜《ひそ》めて、彼がドアの鍵を回し、部屋に入る物音――ずいぶんと酔っ払っていることが察せられた――を聞いていた。そうして、人が聞いたらばかだと思うに違いないが、そのあと小一時間も屋上にいたのだった。階下の杏二さんの気配を感じとるため、足の裏に全神経を集中させながら。

現在、私は、小さな出版社の総務部で働いている。

総務部でもいつかは編集部に転属できるかもしれないという期待を抱いて転職したのだが、どうやら人事のシステム上、どうがんばってもそういうことは起きないらしい。まあ、それならそれでいいと思っている——自分のような人間の人生の成り行きとして、納得できることでもある。

キーボードを叩《たた》いていると電話が鳴った。私のデスクの電話ではない。でも予感があって、手を止めて待ち構えていると、やっぱり内線のボタンが点滅して、「山田さーん」と呼ばれた。当たり前のことだが、ここでは誰も私を「初子ちゃん」とは呼ばない。

「やあどうも。あれ、どうなりました」

電話を取ると、いつもの第一声が聞こえてくる。すみません、まだあまり進展はありません、と私もいつもの答えを返す。

「あまりって、具体的にはどの程度ですか」

電話の相手は磯貝《いそがい》というスポーツ科学専門の学者で、世間的にはともかく、うちの会社的にはまあまあ重要人物であるらしい——だからこそ私は、彼の相手をするように命じられている。

「その件について見直すのは時期的にまだ早すぎるので……」

「つまり、あなた、まだ何もしてないということ？」

「いえ、いちおう、上の人には話しました」

「それで？」

「ですから、まだそれを会議にかけたりするような時期ではないと……」

「そう言われたの？」

「はい」

「それで引き下がったわけ？　あなたにできることはもう何もないと思ったわけ？」

磯貝さんは今年はじめに、うちの会社がお歳暮として送った「ラブベジ100」という健康飲料が不味《まず》すぎるというクレームの電話をかけてきて、たまたまそれを取ったのが私だったので、以後、こういうことになっている。「そういえば磯貝さんってちょっとそういうところあったよね」と部内の人たちは言うが、それ以外は言ってくれないので、私は二日に一度の頻度で彼の気が済むまで電話に付き合わなければならない。

ようやく解放されたときには、昼休みが半分終わっていた。私はお弁当を持って――磯貝さん担当になって以来、昼休みが足りなくなることが多いので、お弁当を作るようになった――屋上に上がった。屋上は狭くて、タバコを吸っている人たちが数人いるだけだ。私は彼らとは反対側のフェンスのほうへ行った。

もちろんここの屋上は、杏二さんのマンションの屋上よりは広い。広くてあかるい。そのぶん、よそよそしい感じがする。こちら側からは「アモーレ」が見える。公園のこんもりした緑の斜め右下辺り。

あれ以来、アモーレには行っていない。すっぽかされたというわけでもない、と思ってみても、すっぽかした、と杏二さんは思っているに違いなく、その彼が、店に入ってきた私を見て、どんな顔をするのかを知りたくなくて。彼の困った顔も、あるいは何もなかったような顔も、見たくなくて。

私はフェンスを背にして座り、お弁当を食べた。鰆《さわら》の味噌《みそ》漬けと焼売《シューマイ》とポテトサラダとキュウリのお漬け物と、鰹節《かつおぶし》のふりかけをのせたごはんを詰め合わせたお弁当。鰆も焼売もお漬け物も市販品で、ポテトサラダは昨日の夜ごはんの残りだが、以前の私からしたら、「お弁当を自分で拵《こしら》える」というだけでも画期的なことだ。これは杏二さんというより「アモーレ」のせいだろう。あの店の中に渦巻いて、どんな季節でもあの店内の温度を数度上げているような、食べることへの情熱に感化されたのだと思う。

「アモーレ」に行くようになる前の私は、「アモーレ」のような店に入るなんて、夢にも考えたことがなかった。気が張る高級レストランも行く気がしないが、常連だけで構成されているような小さな、気の利いた店というのがさらに苦手だった。ましてやそこでひとりで食事するなんて。ファミレスでひとりで食べるのさえ、自意識が過剰に働いてしまうので、あの頃の私の夕食はたいていはコンビニ弁当だった。

あの頃、私はまだ英会話教室に勤めていた。イギリスに帰ってしまったラッセルを、まだ待っていたのだ。半年以上前から手紙が途絶えていたが、別れを告げられたわけではなかったし、最後に届いた手紙には「I miss you」と書かれていたし、彼とはもう終わったのだと認めることができずにいた。職場の人たちはみんな、私とラッセルとのことを知っていて、自分がすでに捨てられた女として見られてることを知っていたけれど、意地のようになって働き続けていた。居づらかったが、辞めたらそれで本当に終わりになってしまうと思って。

でも実際には、とっくに終わっていることはわかっていたのだった。ただ、どうすれば待つのをやめられるのかがわからなかった。それであの日は、それまでもときどきそうしていたように、街をぐるぐる歩いていた。「アモーレ」の前を通りかかったとき――これまでも通りかかったことはあったが、自分には無関係な場所として黙殺していた――私は、自分に試練を課すことを思いついたのだ。この店に入って食事をしようと。やり遂げられたら、終わりにできるんじゃないかと。正直言えば、終わることではなくて起こることを期待していたような気もするが、いずれにしても叶《かな》ったということになる――良かったのか悪かったのかはともかくとして。

あの日食べたもののことは、食に疎《うと》いにもかかわらず――今でも、一般的なレベルからすればじゅうぶんに疎い――、ちゃんと覚えている。白ワインと赤ワインをグラスで一杯ずつ。山菜のフリット。オッソブーコ。ワインの銘柄は覚えていないし――これは未《いま》だに覚えられなくて、いつも偲さんに勧められるままに飲んでいる――、山菜の内訳もじつは定かでないのだが、筍とふきのとうが入っていたのはたしかだ。オッソブーコは、いったいどんなものなのか想像もつかなかったので（試練をさらにレベルアップするべく）注文してみたのだった。それは牛の脛《すね》を骨ごと煮込んだシチューみたいなものだった。女のひと（つまり、偲さん）から、ホタルイカのパスタも勧められたけれど、そんなにたくさん食べられる気がしなかったのと、そんなに長い時間いられる気がしなかったので、頼まなかった。じゃあオッソブーコに添えるリゾットを少し多めにしますね、ということになった。

オッソブーコには、通常のナイフとフォークのほかに小さなスプーンが添えられていた。それで骨の髄を掬《すく》って食べて。料理を作っているらしい男のひとが私に向かってそう言った。それが、杏二さんと言葉を交わした最初だった。私は案内されるままに、正面カウンターの杏二さんにいちばん近い席にいたのだった。

「ほねのずい」

私はぼんやり繰り返した。処理しなければならない情報が多すぎたのだ。オッソブーコ、小さなスプーン、骨の髄、その中身を食べるということ、私の顔を覗き込んでいるハンサムな男のひと。

「はじめてだよね」

杏二さんは言い、私は小刻みに数度、頷いた。

「なんて名前？」

オッソブーコ、と答えてしまう前に気がついて、「山田初子」と私は答えた。

「初子ちゃんかあ」

それが私が「初子ちゃん」と呼ばれた最初だった。ラッセルはハツコと呼んでいたし、両親と兄からは初ちゃんと呼ばれていたし、よく考えれば初子ちゃんと私を呼んだひとはそれまでいないわけではなかったが、彼らのことはその瞬間に記憶から消えた。

「気に入った？」

食べ終わり、偲さんにお金を払っているとき、杏二さんがまた話しかけてきた。

「またおいでよ」

私は再び小刻みに頷いた。そうしてその夜、英会話教室の上司に提出するための辞表を書いたのだった。

空になったお弁当箱をポーチに戻して、私は立ち上がった。

こちらを見ながら何か話していた男のひとたちが、さっと目を逸《そ》らすのがわかった。下を向いてにやにや笑っているひともいる。こんなところでひとりでお弁当を食べているような女は、なにかと話のタネになる。私はそもそも何をしていたってタネになりがちな女だ。噂《うわさ》ではなくてタネというところがみそだ。
そういえば——と、私はなぜか偲さんのことを思い出した。旅行代理店の店先で、同じパンフレットを手にしたときのこと。インド？　と先に偲さんが聞いて、インド、と私は答えて、それでふたりは何となく二方向に別れたのだったが、彼女はインドへ行ったのだろうか。

悪夢を見た。

いつの間にかインド行きの飛行機に乗っている夢だった。狭苦しい座席の、隣のシートには磯貝さんが座っていた。

あれ、どうなりました？　磯貝さんが言う。すみません、まだあまり進展はありません。私は答える。

インドに着くまでの十時間（実際には何時間かかるのかわからないのだが、夢の中ではかっきり十時間ということになっている）、磯貝さんの詰問から逃れられないのだ、ということを私は知る。トイレに立つふりをして、キャビンアテンダントに席を替えてくれるように頼んでみるが、誰に頼んでも、冷ややかな顔で却下される。お客様、座席は、お客様の責任でお選びいただいたものですから、現地に着くまでどうぞお座りになっていてください。

とぼとぼと座席に戻ると、機内食が用意されている。山菜のフリットとオッソブーコ。

でも、小さなスプーンはついていなくて、オッソブーコの骨には髄がない。よく見るとそれは白いプラスチックのニセモノの骨だ。

これは何を揚げてあるんですか？　と磯貝さんが聞く。筍と……と、私は答える。筍と、なんですか？　と磯貝さんがさらに聞く。ふきのとうと……と私は答える。ふきのとうと、なんですか？　私は答えられない。あなた、わからないんですか？　そんな無責任なことってないでしょう。あなた、仕事ということについて、どういう考えをお持ちなんですか？　磯貝さんがねちねちと言う。

夢を見たのは、間違いなく、前日に磯貝さんを見たからだった。夕方、エレベーターの前でばったり会った。真正面から目を合わせてしまったが、幸い、私は磯貝さんの顔を雑誌その他で見て知っていたが、彼が知っているのは私の声だけだった。だから私は、息を詰めながらも素知らぬ顔で、彼の横を通り抜けてビルを出て行くことができたのだ。

目が覚めたのは午前六時前で、今日は土曜日で会社は休みだったのだが、あまりにもこわかったのでもう一度眠ることができなかった。仕方なく起きだして、朝食を食べた。インスタントコーヒーに今朝は牛乳を入れてカフェオレにしたたし、昨日コンビニで買っておいた菓子パンも、極力ゆっくり咀嚼《そしやく》したのに、三十分もかからずに食べ終えてしまい、今日という日がまだ死ぬほどたっぷり残っていることに呆然《ぼうぜん》としてしまう。

私は部屋を見渡した。社会人になってからずっと住んでいる１ＤＫ。単身者向けコーポラスの二階の真ん中の部屋。わかりきっていることだが、見渡したところで何の感銘も発見もない。無印良品のベッドとクッション、就職祝いに兄が買ってくれたイケアのローテーブル、ろくに水もやらないのになぜか枯れないが成長もしない観葉植物の鉢。

「アモーレ」に行かなくなってから、私は週休二日制をもてあますようになった。何をして過ごすべきか考えなければならない日が週に二日もあるなんて多すぎる。

では「アモーレ」に通っていた頃は休日をどう過ごしていたのかといえば、とくに何をしていたわけでもなかったのだが。毎週杏二さんとデートするわけでもなかったし、土曜日の夜はアモーレに行くこともあったが、毎週行くわけでもなかった。朝起きて、朝食を食べて、洗濯をして、掃除をして、昼食を食べて、買いものに行って、夕食を食べて、本を読んだりＤＶＤを観《み》たりして。それだけ。でも、今のように、時間を綿みたいに感じて、その綿に覆い被《かぶ》さられて、窒息《ちっそく》するような心地になったりはしなかった。この感覚は「アモーレ」以前、ラッセルを待っているときにもあったけれど、今のほうが、より強い。

どうにか午前中をやり過ごすと、私は昼食——カップ麺で、これはゆっくりではなくそくさと食べた——をすませ、出かけることにした。

行き先は決めていた。動物園だ。次に杏二さんからデートに誘われて——杏二さんと昼間に会ったことは二回だけあった——、「どこに行きたい？」と聞かれたら、動物園と答えようとずっと思っていたのだ。杏二さんと一緒にライオンや虎《とら》やキリンを見るのは素敵だろうなと漠然と夢見ていた。

外に出ても、綿に圧迫されている感覚は消えなかった。それを振り切るようにして私は歩いた。はじめて「アモーレ」に入った日もこんな感じだったな、と私は思い出した。だから今日も、何かが終わり、何かが起こるかもしれない。

東京の郊外にあるその動物園には、子供の頃何度か来たことがあった。小学校の遠足で一回。家族と一緒に数回。あかるい、賑やかな場所だという記憶があったが、行ってみるとそこはなんだかうすらさびしい場所だった。土曜日だというのに奇妙に人気《ひとけ》がなかった。今時の子供は休日に動物園には行きたがらないのだろうか。たんに、寂《さび》れた、ということなのかもしれない。私が六歳から二十六歳になったように。

小高い丘全体を敷地にした、アップダウンの多い園内を歩いていると結構な運動になった。人気がないのは悪くなかった。自分がどんな表情をしているのか気にせずに、動物を眺められるから。ライオンも虎もキリンも、檻《おり》ではなくて見えない綿に閉じ込められているような顔をしていた。

猿山の猿たちは、幾らか楽しげだった。すくなくとも、楽しげにふるまっている猿がいた。猿め、と私は思いながらその場を離れた。山羊《やぎ》たちはしずかだった。私を見て柵のそばまで近づいてきたが、何ももらえないとわかると無表情で離れていった。

私は重いのだろう。休みの日にひとりで動物園に来て、静物画みたいな山羊たちと向かい合っているなんて、じゅうぶん重い。だから捨てられるしすっぽかされるのだろう。でも、あっさり捨てられ、気軽にすっぽかされるということは、軽いのかもしれない。

暗い気持ちが募ってきたので、私は杏二さんとの夜のことを思い出した。その記憶は、胸の底の小さな箱にしまってあったが、鉄でできているらしいその箱は早くも錆《さ》びつきはじめていて（たぶん、彼のマンションの屋上で待っているときに湿ったせいだ）、開けるのに力を入れる必要があった。

あれは、私が杏二さんの部屋へ行ったはじめての（そして結果的には最後の）夜だった。私はやっぱり「アモーレ」で杏二さんから鍵を渡されて、でもやっぱりそれを使わず、マンションの前で待っていたのだった。杏二さんは、私が予想していたよりもずっと早くあらわれた。私が外にいることに驚いた顔をしたので、私も今来たばかりだと嘘を吐《つ》いた。私が「アモーレ」を出たのは二時間近く前だったのだが、今までどこで何をしていたのかと、杏二さんは聞かなかった。杏二さんというひとは、そういう疑問を思いつかない――というか、そういうことはどうでもいい――ひとであることはほぼ間違いない。

それから私たちは杏二さんの部屋へ入った。杏二さんらしい部屋だと思った。シンプルでかなりぞんざいで、でもところどころに愛嬌《あいきょう》が潜んでいて。その愛嬌というのは、たとえば、古い木製のチェストの上の、小さな黄色い壺《つぼ》であったりした。とても深いきれいな黄色で、あまり色彩のないその部屋の中でぱっと目を引いた。きれいな壺だね、と私が言うと、中国の古い壺だと教えてくれた。松崎さんからもらったのだそうだ（松崎さんが杏二さんの師匠であり、偲さんの思い人だということは、「アモーレ」に来る大多数の客同様、私も知っている）。壺には、赤い色鉛筆が一本差してあった。

それから。

私は思わず目を閉じる。それから、私たちはキスをした。それから、私たちはベッドへ行った。

杏二さんというひとは、まったく――私がそれまでわかったつもりになっていたよりももっと――女性の扱いについて心得たひとであることも、間違いない。私のような女には考える時間を与えないほうがいい、とわかっていたのだろう。実際、もしもベッドへ行く前にお酒やコーヒーを出されていたら、それを飲み終わるまでの間中ずっと、私は自分がそこにいる理由や是非を考え続けて、耐えきれなくなって逃げ出したことだろう――私自身にとってはそちらのほうがよかったのかもしれないが。

今、私にははっきりわかっていることがある。あの夜、杏二さんは私と寝る気満々だった。彼の目的はそのこと、ただひとつだった。あの夜だけのことじゃなく、結局のところ、私が「アモーレ」にはじめて行った夜、骨の髄の中身を掬って食べるように教えてくれたときから、彼が考えていたのはそのことだけだったのかもしれない。杏二さんというのは、そういうひとだ——男性経験が少ない私にもわかるぐらいのわかりやすさでそうなのだ。あんまり身も蓋もないから、彼のためにひとつ補足するとするなら、目的に向かって邁進《まいしん》する彼のその態度は、「アモーレ」で料理をしているときと同じものに感じられる、ということはある。ひとに言わせれば、それこそ男性経験が少ない女の戯言なのかもしれないけれど。

そう、私にはわかっている。そんな杏二さんに、私はうまうまとひっかかってしまった女なのだ。わかっているのに、あの夜の記憶は小箱に収められて、今私はそれを取りだして目を閉じている。つまり私はばかなのだ。

私は山羊たちから離れると、ポニーを見、象を見、サイを見、カバを見、マレー熊を見、フラミンゴを見、もう一度ライオンと虎とキリンを見た。次第に早足になり、坂道でかなりの体力を消耗しながら、それでもさらに足を速めて、レストランがある休憩所に入った。アプローチにある土産物屋で、動物のぬいぐるみをしばらく眺め、それからレストランに入った。ここもやっぱりがらんとしていて、真ん中のテーブルにひとり座ると、ずいぶん経ってから厨房の女のひとが顔を出して「食券買ってくださーい」と、面倒くさそうな声を放り投げてきた。

券売機まで行くとき、まだ少し足が震えていた。まったく食欲がなかったのに、いちばん押しやすい場所にボタンがあったという理由で天ぷらうどんを買ってしまった。首を僅《わず》かに動かして、そっと入口のほうを窺う。誰もいない——ように見える。

テーブルに戻ると、女のひとが食券を取りに来た。天ぷらうどんひとつですね、と女のひとは言い、あの、と私は言った。

「ここって、裏口とか、ないですか」

「え？　裏口？」

女のひとが大きな声で聞き返すので、私は身を竦《すく》める。

「あの、つまり、さっき私が入ってきた正面じゃなくて、従業員の方が使うような出口ってあるでしょう？　そこから出たいんです、私」

「なんで？」

「追われてるんです。いや、偶然かもしれないんですけど、なんか、つけられてるみたいで」

女のひとは思いきり眉をひそめて、私をまじまじと見た。それからくるりと背中を向けて行ってしまった。一瞬、裏口へ案内してくれるのかと思ったけれど、そうではなかった。彼女が厨房に引っ込むと、間もなく、べつの女のひとがカウンターにあらわれて、なにげなさそうに私を見た。その後ろには最初の女のひとがいて、何かひそひそ囁いていた。私は立ち上がった。

うどーん。という声が背中にかかったが、振り向かなかった。私が助けを求めているのに無視して、逆に私のことを頭のおかしなひとみたいに扱って、それなのにうどんはちゃんと食べていけ、ということなのだろうか。自分の責任で選んだのだから、と。私は彼女たちへの怒りをどうにかエネルギーに変えて、入ってきた場所から出ていった。

建物の前の広場の端に、磯貝さんがいた。さっきもいたのだった。山羊の柵の前で、向こう側の柵の前にいるのを見たのが最初だった。そのあと私がどこへ行っても、十メートルくらい離れた前方か後方に必ず彼はいた。今もそうであるように、わざとらしくあらぬほうを向きながら。偶然と思うことはもうできそうになかった。これまでずっと油断していたが、磯貝さんが私——お歳暮のことで電話してねちねちいじめる相手——の顔、それに自宅の住所やもしかしたら電話番号に至るまでを知る方法は、考えてみればいくらでもありそうだった。何か口実を作って、テレビや雑誌に出ているときのジェントルな物腰で会社の誰かに聞けば、みんなきっと簡単に教えてしまうだろう。昨日、エレベーターの前で会ったときも、彼は知っていたのだ、きっと。これは昨日からはじまっていたのだ。

私は彼が依然、十メートルの距離を取っていることを確認してから、だっとばかりに走り出した。まさか走って追いかけては来ないと信じたかったが、わからない。限界近くまで走って動物園の表門までたどり着き、タクシーに飛び乗った。座席から振り返ったときには磯貝さんの姿は見えなかった。私がタクシーに乗ったことに気づかなければいいのだけれど。気づいたとしても、まさか「前の車を追ってくれ」というやつはやらないだろう。

いちおう著名人なのだから。でも、わからない。

「中目黒まで」

いったいどのくらいお金がかかるかわからなかったが、私は運転手にそう告げた。

「中目黒。駅ですか？」

運転手がちょっとびっくりしたように聞き返す。

「駅じゃなくてお店まで。近くなったら言います。急いでるんです」

車は走り出した。「アモーレ」の前に着いたのは五時少し前だった。追ってくるタクシーがいないことは道々確認していたが、それでもタクシーから降りるときには再び脂汗が吹き出した。「アモーレ」のドアノブをつかんだとき、それが開かないのではないかという思いにとらわれて私は一瞬パニックになった。でも次の瞬間、カウンターの向こうから杏二さんがひょいと顔を出すのが見えた。私はドアを開けた。

「助けて」

口に出してから、それがずっと――磯貝さんに付けまわされていることを知るよりずっと前から――言いたかった言葉であることに気がついた。

「よしきた」

杏二さんは、何が起きているのかさっぱりわからない、という顔で、無責任にきっぱりと、そう答えた。

本日のメニュー 7

イイダコのトマトソース煮込み、ポレンタ添え
桜《さくら》海《え》老《び》のパスタ
シャロレ産牛ロース肉のグリル
レモンパイ
ハクビシンな女

「イイダコぉ？」

とリコちゃんは言う。

その声は不必要にでかくて、店中の客が彼女のほうを振り返った。といっても、もう遅い時間で、二組の客しか残っていなかったが。

「おいしいの？　それ」

おいしいです、と俺は答えた。俺が彼女に、「イイダコのトマトソース煮込み、ポレンタ添え」を勧めたのは、ほかにめぼしい前菜が残っていなかったという理由とともに、もちろんすこぶる旨《うま》いからだが、勧めなければよかった、と心の底から思いながら。

「イイダコは、いいわ」

図らずも洒落《しゃれ》になったことがおかしかったらしく、くっくっくとリコちゃんは笑う。客たちがそろそろと首を元の位置に戻す。

「イイダコは、いいだこ？」

姉のだめおしの一声で、店内の緊張感は最高潮に達した。そもそもリコちゃんというのが、わけもなく俺の店に緊張を強《し》いる女なのだが、姉が絡むことでそれは増幅される。リコちゃんは一瞬、眉をひそめてから（たぶんその瞬間は俺だけが目撃した）、アハハハハ、とさっきよりも明確な笑い声をたてた。

「ピクルスはあるかしら？」

「あります」

「じゃあ大盛りで頂戴。あとはパン。えーとそれから」

「桜海老のパスタがおすすめですよ」

姉が割って入った。声が裏返って、「桜海老」が「サァクラエビ」になっている。リコちゃんは眼鏡の位置をちょっと直して姉をちらりと眺め、「それも、いいだこ」と言った。

「お腹、あんまり空いてないの。ピクルスとパンだけで結構よ。あとお水をくださいな」

腹が減ってないのにここに来るということは、目的は食事以外ということか。俺に会いに来ているとか。もしそうだったら——松崎さんには悪いが、俺としては——いちばん面倒がないような気がするが、そうじゃない、というのは直感でわかる。とすればこの女は、姉に会いに来ているということになる。

リコちゃんはピクルスをフォークでぐさぐさと突き刺して――キュウリ、人参、カリフラワー、赤ピーマン、再びキュウリ。ミョウガは黙殺した――口に運び、ワイングラスに注いだ水をごくごく飲んだ。はあ、と息を吐いて動きを止める。濃いローズ色のエスニックなワンピースを着ていて、胸が強調されている。

リコちゃんが俺の視線をとらえた。とらえたことを誇る顔で、ニッと笑う。

「なんか今日、ちょっと雰囲気違いますね」

仕方なく俺はそう言った。

「どんなふうに？」

「インドっぽいっすね」

俺がインドを連想したのは、この前まで姉にインドブームが来ていたからだ。服じゃなくて旅行で、結局、諸事情をかんがみて一泊二日で韓国に行ってきたらしいが。

リコちゃんは「インド！」と叫んで、また朗らかに笑った。

「面白いこと言うのねえ。これはマタニティウェアよ」

「ああ」

そういうことか。俺は姉を盗み見た。姉はこれ以上ない、というような微笑みを浮かべ

ていた。張り子の虎みたいに頷きながら、

「じゃあ、いよいよなんですね」

と言う。

「そうよ、いよいよなのよ」

リコちゃんが姉に向かって手を差し伸べた。

「触ってみる？」

「いえいえいえいえ」

姉は飛びすさり、その拍子につまずいてレジスターに後頭部をぶつけた。俺は見ていられなくなって調理場のほうへ体の向きを変えた。おそらく俺と同じ気持ちになったに違いない客から会計したいという声が上がり、姉は頭を押さえながらレジを打ち込みはじめた。

俺は冷蔵庫を開けて、閉めた。今日は旨いレモンパイの用意があり、もうひと組残っている客にそれを勧めたいのだが、きっとリコちゃんがまた何か絡んでくるだろうと思うと、声が出ない。こうなるとある種の営業妨害じゃないのか。気弱にそんなことを思い、それから、リコちゃんという女が苦手であることを、しぶしぶ、はっきりと自覚した（俺は基本、どんな人間のことも苦手になりたくないのだ）。

「お水、おかわりくださる？」

俺が瓶から注ぐと、リコちゃんは僅《わず》かに顔を近づけてきた。

「彼、最近、来てる？」

「彼って」

「私が彼って言ったら、光《こう》ちゃんのことに決まってるでしょう？」

あーはいはい。俺は声に出さずにそう言って、一昨日来たと答えた。松崎さんは一昨日の開店直後にあらわれて、腹を押すと「来週から本気出すおー」と発声するアザラシの人形がついたキーホルダーを姉にくれて、牛ロースのグリルの焼き具合を褒めてくれたのだ。

「ていうか、なんで俺に聞くんですか」

これはつい声に出してしまった。ふたりはもう一緒に住んでいるはずだし、そもそも、別々に来るというのも不自然だ。

「私たち、これで案外自由なところもあるのよ」

俺は曖昧に頷き、あらためて冷蔵庫を開けるために背中を向けた。というか、背中を向けるために冷蔵庫を開けた。レモンパイあるけどー、と声を上げる。

客はデザートを注文し、リコちゃんは黙って水を飲み干した。

その夜、自宅へ帰る途中、俺は自転車で公園の中にさまよいこんだ。

春になったし、夜の公園もおつなものだろうと思ったのだ。しかし実際には、今ひとつおつではなかった。四月とはいえ冷え込む夜だったし、にもかかわらず、園内のあちこちでカップルがごそごそしていたからだ（これは冬季にはなかったことで、その意味ではやっぱり春が来ているのだろう）。

出歯亀《でばかめ》と間違えられる危険のない池の畔《ほとり》――そこにはカップルの気配がなかったからで、それはその場所が、たとえ燃えさかる情欲があってもあまりに寒すぎたからだろう――に俺は自転車を停め、来るときに買ってきた缶ビールをふるえながら飲んだ。

夜の池はただのっぺりと黒いだけだ。向こう岸にぽつんと外灯が立っていて、薄い光が曖昧に水面《みなも》に映っている。五百ミリリットル缶を一本飲み終えたところで、携帯電話を取りだした。俺は気づいた――自分がMに電話したがっていることに。公園に来たのはそのためだったのだ。が、結局、電話はかけなかった。ばかげたことだが、どうやら俺は、俺の部屋の屋上以外ではMとは話すべきではないと思っているらしい。あそこは俺とMの秘密の花園みたいなもので、そこから出ると何かが失われてしまうんじゃないかと。

俺は自転車に跨《また》がった。昨日もそうだったように、今日も屋上には行けないから、そのかわりにコンビニに寄った。店内を一巡り見て回り、結局レジの前にぶら下がっていたスヌーピーのキーホルダーを買って店を出た。

部屋に着き鍵を鍵穴に差し込むと、回す前にドアは内側から開いた。

「ただいま」

と俺は言った。

「おかえりなさい」

初子ちゃんが言った。

昔、俺の実家の屋根裏にはハクビシンが棲《す》みついていた。

俺が小学校の二、三年の頃だった。ハクビシンはおもに俺の部屋の上で活動していた。最初はハクビシンだとはわからなかった。そもそも俺は、夜ごと天井から聞こえてくるコトコト、カタカタという足音を、動物のものだとは思っていなかった。人間——この世のものにしても、この世のものじゃないにしても——がひとり、何らかの理由でこっそりそこにいると考えていたのだ。だから家族には言わなかった。そいつが俺の部屋の上にいるのは、俺を選んだからだと思えたし、選んだからには、そのうち何かが起きるだろうと期待していた。

だが、ハクビシンは俺が思うほどには俺に執着していなかったらしい。ほかの部屋の天井裏にも遠征し、家族の知るところとなってしまった。母や祖父母——始終家を空けていた父は、当然のことながら蚊帳《かや》の外だった——は、はじめは鼠《ねずみ》を疑い、駆除するべく専門業者を呼んだ。この時点では俺は反対した。人間でなかったのは残念だったが、鼠にもそれなりに肩入れしていたのだ。しかしその後、鼠ではなくハクビシンである、ということが判明したとき、俺は駆除派に転向はしないまでも、反駆除派としての抵抗もしなかった。

そのときはじめてその存在を知った「ハクビシン」という動物を、俺はうまくイメージできなかったのだ。インターネットはまだ普及していなかったから、検索してその姿を知ることもなかったし、どうしてだかわからないが、その名前の響きが薄気味悪かったのだった——この世のものではない人間よりもはるかに。まあ、端的に言えば、俺は俺だけのものではなくなった天井裏の出来事に、その時点で倦《う》んだということだったのかもしれない。かくして俺は黙り込み、ハクビシンはいなくなった。

現在、俺の部屋に初子ちゃんが棲みついている、という事実を考えるとき、俺はこの一件のことを思い出す。いくつかの段階があるその出来事のどの辺りを、彼女に重ねているのかはよくわからないのだが。

「まだ起きてたんだ？」

俺は言う。それから心の中で、見りゃわかるだろと自分に突っ込む。

「元気だった？」

言い直す。こっちのほうがましだと思うが、そもそも言い直したりごちゃごちゃ考えたりしているのがどうかしている。俺は女を家に連れてくることは得意なのだが、女が家にいることには慣れていないのだ。

「おかげさまで」

初子ちゃんはウフフと笑う。恥ずかしそうな、ぎこちない微笑だが、もともと彼女はそういう反応をする女だったわけなので、むしろ自然だ。

俺は初子ちゃんのうしろを通ってキッチンのほうへ行った。なんか感じ悪いかなと気になって、冷蔵庫を指さし、「水を飲みたいんだ」という仕草を付け加えた。初子ちゃんが微笑んだまま頷いたのでほっとする。水ではなく缶ビールを取りだし、ダイニングの椅子に掛けた。テーブルの上には就職情報誌が載っている。

「いいのあった？」

え？　というふうに初子ちゃんが耳に手を当てた。会話するには距離が離れすぎているのだ。手招きすると、初子ちゃんは子犬みたいに――あるいはハクビシンみたいに――小走りで近づいてきた。

「仕事。よさそうなのあった？」

俺はあらためてそう聞いた。話題があるのはいいことだ。初子ちゃんがうちにいる理由、それは彼女が、ストーカー野郎につきまとわれているからで、そいつと関わらざるをえない仕事も、先週辞めてしまったのだった。

「ごめんなさい。まだ……」

初子ちゃんは細身のチノパンツを穿《は》き、ダンガリーシャツの上に黒いカーディガンを羽織っている。夕飯をすませて、たぶん風呂にもう入ったのだろうから、もう少しリラックスした格好をすればいいのになと思うが、俺が口を出すことではないだろう。着替えや当座必要な身の回りのものは、やはり先週、俺が付き添って彼女の家から運び出した。

「いや、あやまることじゃないから。ゆっくり決めればいいよ。ていうか、ゆっくり決めたほうがいいって」

俺はビールを呷《あお》ったが、缶はもう空っぽだった。いつの間に飲んだんだと思いながら、もう一本飲むために立ち上がる。初子ちゃんが来てからあきらかに酒量が増えた。

「仕事が決まったら、引越し先も探しますから」

敬語になる必要はないだろ。俺はそう思いながら「いや、そんな焦んなくていいから」と言う。

「ずっとここにいてもいいんだからさ」

「本当?」

「え?」

俺は今何を言ったんだ。話の勢いで口が滑ってしまった。

「あっそうだ、土産があったんだ」

俺は慌てて立ち上がり、ソファの上に置いてあったリュックからキーホルダーを持ってきた。

ちっぽけな、雑な作りのスヌーピー。俺がなぜ、毎日毎日こうした土産を買って帰るのかというと、自分でもよくわからない。強いていえば、土産でも買わないと「初子ちゃんがいる俺の家」には帰れないような気がするからだ。

「……ありがとう」

初子ちゃんはスヌーピーを両手の上にのせてしばらく眺めたあと、ベッドのほうへ行った。その一角に、彼女の「お土産安置所」があることを俺は知っている。

初子ちゃんと姉はちょっと似てるよな。俺はそう思い、それからはっと気がついた。ていうか俺のこの、土産を買わずにはいられない状態は、松崎さんに似てはいないか？ と。


ポレンタを練る。

沸かした湯の中にポレンタを入れ、木べらでかき混ぜる。

とうもろこしを挽《ひ》いた黄色い粉が、水を吸い、クリーム状になっていく。最適な濃度になる一瞬前で火を止めなければならない。余熱で火が入りすぎるからだ。その瞬間を見きわめるのが俺は好きだ。

今日、俺はいつもよりずっと集中して混ぜている。しずかに濃度を増していくポレンタ、しずかに重くなってく木べらの手応え。これはあれに似てるな、と俺は考える。うん、あれだ。しかしその「あれ」は、はっきりした像や言葉にはならない。俺と「あれ」との間に、はっきりさせないための壁が一枚ある感じだ。

「あら。ずいぶん緩くしたのね」

俺が火から下ろした鍋を見て姉が言った。余熱で……と俺はぶつぶつ呟《つぶや》いたが、練りが足りないのはあきらかで、結局もう一度火にかけることになった。

「たるんでるわね」

心外なことを言われた。むしろ俺は自分が通常より緊張しているのを感じているのに。しかし緊張にしても、まったく俺らしくないという点で、俺はたるんでいるということになるのかもしれない。

「なんか、頭が重くてさ」

言い訳としてそう応じたが、あらためてポレンタを練っていると、本当に頭が重くなってきた。寝不足かもしれない。というのはつまり、俺と初子ちゃんは今、一緒のベッドで寝ていて、彼女がハクビシンであろうとなかろうと、手を伸ばせばすぐに抱ける体が横にあると、俺はついその機会を貪《むさぼ》ってしまうからだ。

忙しい夜だった。

予約がさほど入っていなかったので油断していたら、なぜかふりの客が次々と入ってきた。十時半を過ぎてようやく残りひと組になったときには、重かった頭が鈍く痛みはじめていた。裏口から出てコンビニで栄養ドリンクを買って戻ってくると、沙世ちゃんが来ていた。

「まだ、いいわよね？」

姉が俺に確認し、もちろん、と俺は答える。沙世ちゃんは正面のカウンターの端に座っている。

「まだ、大丈夫？」

俺と目が合うと、小声で聞いた。姉と俺とのやりとりは聞こえていたはずで、あらためてそう聞くということは、それなりの意味があるのだろう。意味のある言動は俺の好むところであり、囁く声も可愛《かわい》かった。「むぉちろん」と俺は答えた。おどけてみせたわけだが、自然だった。ああ、今俺は自然だ。俺の店、というかおもに俺について、グルメサイトに罵詈雑言《ばりぞうごん》を書き込み、そのあとはふたりの男をかわるがわる伴ってやってくるようになった女に対してでも、俺は自然になれるのだ。それが本来の俺だ。

俺は少し気分がよくなって、ついでに沙世ちゃんの隣に石橋さんも真行寺くんもいないことに気がついた。

「今日、ひとりなの？」

姉がもうひと組の客と食後酒について話している隙に、俺はカウンターに乗り出して、さっきの沙世ちゃんの囁きと同じくらいの音量で聞いてみた。うん、と沙世ちゃんは、俺をさらにいい気分にさせる表情で頷く。

「石橋さんと約束してたんだけど、早退しちゃったの。さっき電話があって、インフルエンザらしいって。真行寺くんは今、出張だし」

同期の女子社員ふたりとカフェに寄ってきたのだが、さしておいしいものがなかったし、お喋《しゃべ》りに忙しかったので、ろくに食べていないのだと沙世ちゃんは言った。

「じゃあ、腹空いてんだ？」

「空いてる」

それで前菜は、イイダコとポレンタになった。イイダコを煮込んだトマトソースには、唐辛子をかるく利かせてある。ポレンタの自然な甘みとよく合って旨い。

「やわらかいねえ。おいしい」

沙世ちゃんが目を細める。俺は「やわらかい」という褒め言葉が好きではないのだが、この場合はよしとして、やっぱり目を細める。可愛い女の子がいて、俺が作ったものを食ってうっとりする。これを幸福と言わずして何と言おうか。

頃合いをはかって、俺はパスタを作りはじめる。桜海老は生を使う。オリーブオイルで炒めたところにパスタを入れ、旨みを吸い込ませる。仕上げに、ごく細い千切りにした絹さやを合わせる。オーブンの中では塩と胡椒とタイムをまぶした牛ロースが焼けつつある。フランスはシャロレ産のこの牛はしっかりした噛《か》みごたえがあって味が濃く、とくに赤身の旨さといったらない。

肉の最初の一口を咀嚼《そしゃく》して飲み込んだ沙世ちゃんは、満足げな溜息《ためいき》を吐き、

「なんか、すごく久しぶりな感じ」

と言った。何が久しぶりなのかは省かれていたが、俺は「だね」と同意した。彼女が俺の元へ戻ってきたことを感じる。俺はそれを歓迎する。

翌朝、目が覚めたとき、俺の体調は最悪だった。

あきらかに熱があった。それもかなり高い熱に違いなく、すでに体の節々が痛い。

まだ六時過ぎなので、隣で初子ちゃんは眠っている。石橋さんがインフルエンザで早退したという話を思い出し、うつさない努力をすべく、俺は急いでベッドを出た。キッチンで水をがぶ飲みしてから毛布を出してソファに倒れ込んだ。

昨日、沙世ちゃんを誘わなくてよかった。俺はそう思うことにする。誘っても、初子ちゃんがいる家には連れて帰れない。とすればホテルか、沙世ちゃんの家に行くしかないが、そうするためにはそうする理由を彼女に説明しなければならないだろう。そして首尾よくいったとしても、俺はそのあと自分の家に帰らなければならないわけで、その家には初子ちゃんが待っている。そう考えたら、萎《な》えてしまった。その時点でじゅうぶん体調が悪かったから萎えたのだと思いたいが。

俺は横になったまま、姉の携帯にかけた。どうせまだ寝ているだろうから、留守番電話のメッセージを残しておくつもりだったが、呼び出し音一回で姉は出た。

「インフルエンザ？」

電話で起こされたというのでもなさそうだ。もしかして一晩中起きていたんじゃないか。しかしそのことについて考える気力も、たしかめる余力もなく、たぶんそうだから、今夜からの営業のことを相談したい、と俺は言った。

「今からそっちに行くわ」

「だめ?」

姉が俺の反応を検分している間があった。

「誰かいるの?」

「いない。いや、いる」

いるということにしておいたほうが簡単だろう。つまり、たまたまいる、ということに。ふーん、と姉は言った。さらに検分しているらしい。無駄に敏感なところがある。

「初子ちゃん?」

本当に、この無駄な洞察力を姉は自分自身のために使えないものなのか。というかその種の能力は、そもそも他人に対してのみ発揮されるものなのか。

「ひみつ」

とりあえず俺はそう答えた。便利な言葉のベストワンだ。ふーん、と姉はまた言った。

「うつらないといいけど。今日中に病院行きなさいよ」

「ていうか姉ちゃんは大丈夫？」

「大丈夫。私はばかだから」

どう答えていいか悩むようなことを姉は言い、それから俺たちは、この先入っている予約への対応などについてしばらく相談した。

電話を切ったとき、さらに二度くらい熱が上がっている気がした。俺は朦朧《もうろう》として目を閉じた。練り上げたばかりの熱いポレンタのような眠りの中に引き込まれる寸前、ひやりと冷たい手が俺の額に触れて、大変、大変、とキッチンのほうへ走っていく初子ちゃんの足首を見た気がした。


父親の夢を見た。

俺たちは並んで歩いている。実家の前の道だ。俺たちはどんどん歩いていく。

地球はまるいから、と父は俺に言う。どんどんまっすぐに歩いていけば、いつかはうちに戻ってくるはずだ、と。とても大事なひみつを打ち明けるような態度だが、そんなことはもう知ってる、と俺は思う。そのあと、俺たちはほとんど口を利かずに歩いていく。

父親とこんなふうに並んで歩くっていうのは妙な気分だな、と俺は考えている。そのうえ俺たちは、同じ服を着ている。俺が愛用しているくったりしたラム革のジャケットを父親も羽織っていて、その下のマゼンタ色のTシャツも同じだ。青い字で大きく、俺のTシヤツには「右」、父親のそれには「左」という文字が書いてある。

いつだったか、父親の尻の左右に黒い油性マジックで、それぞれ「左」「右」と書かれていたことがあったらしい。それを見たのは母親だけだったが、彼女が俺と姉に話したのだ。お父さんのお尻のほっぺた。右側に右、左側に左って、書いてあるのよ。おかしいわよねと言って母親は笑ったが、自分の尻に自分で文字を書けるわけはないから、それは女の仕業に間違いなかった。俺が十、姉が十四くらいだったが、ふたりともそのことはわかったのだ。だが俺も姉も何も言わなかった。姉は曖昧に笑い、俺は肩をすくめてみせた。

そんなことを思い出しながら歩いていたら、いつしか地球を一周したらしい。ほら、見えてきたぞ、と父親が指さす彼方《かなた》に、実家があった。あーあ、着いちゃった。俺は言った。いや、まだ着いたわけじゃないぞ。父親が言った。地球の自転より速く歩かないと着かないんだ。ふいに地面が、ウォーキングマシンみたいに後退しはじめた。

俺は目を覚ました。

腕時計を見る。夕方らしい。初子ちゃんの姿は見えない。なるべく離れているように言い渡したから、キッチンか寝室にいるのかもしれない。体を起こしてみる。だるいが、朝よりはずいぶんましだ。昼過ぎに病院へ行ってもらってきた薬が効いたのだろう。

病院。記憶がゆっくり戻ってくる。そういえば、病院で父親に似た男を見かけたのだった。「左」と書かれたマゼンタ色のTシャツを着ていた。あれも夢だったのか。いや、夢じゃなかった。

　父親とは母が死んで以来会っていない。それまでは俺の店にふらりとあらわれることもあったのだが、この一年、ぷつりと音信が途絶えている。通夜のとき、俺がケンカを売ったせいだ。母親の急逝を、俺は父親のせいにした。

　ミネストローネの匂いがすることに気がついた。気づいたら腹が減ってきた。キッチンへ行くと、初子ちゃんが鍋をかき混ぜていた。

「うわあ。歩いてる」

　と驚くので、俺は笑った。

「起きて大丈夫なの？」

「うん。だいぶ回復した」

「スープ飲む？」

「飲みたいな」

　そこにあった本を見て作ってみたんだけど、と初子ちゃんは恥ずかしそうに言った。松崎さんが昔に書いたレシピ本だ。俺のバイブルでもある。

　俺はテーブルの端に（初子ちゃんからなるべく遠ざかるべく）椅子を寄せて、スープを飲んだ。旨かった。もちろん俺や、それに姉にも及ばないが、それでも旨い。

「旨いよ」

と言うと、初子ちゃんは嬉しそうに笑った。その顔はすごく可愛かった。

「サンキュ」

と言うと、さらに可愛い顔になった。俺は困った。

「どうしたの？　具合悪い？」

初子ちゃんが不安げに聞く。大丈夫。俺は急いでスープを口に運んだ。地球が自転していることを、俺は実感していたのだ。

本日のメニュー 8

ブッラータのカプレーゼ
野生アスパラガスのタリオリーニ
茄子《なす》のグラタン
豚と羊のロース肉の香草オーブン焼
不毛な男

休日の夕食を、庭で早めにとることにした。

庭は五月がいちばんいい。寒くもなく暑くもなく、蚊もいないから。ガーデンテーブルに麻のテーブルクロスを掛けて、冷えた白ワイン、ローズマリーと大蒜《にんにく》で風味をつけてグリルした新ジャガ、プロシュート、それにブッラータのカプレーゼ。

ナポリのブッラータは、濃厚なモッツァレッラだ。卵形のチーズにナイフを入れると、バタークリーム状の中身がとろりと溢《あふ》れてくる。これは、あれね。私は思う。これは、あれに似てるわね。

でもその「あれ」が何なのか、はっきりとはわからない。「あれ」は白い霧のむこうにある。もう少し考えれば霧が晴れそうだが、私はもう考えないことにする。

ブッラータはおいしい。とにかく、それはたしかだ。私はもう一切れ食べるために、再びナイフを手に取った。するとなぜか、ピンクのチュニックが浮かんできた。

松崎さんのフィアンセが着ていたチュニックだ。そしてもちろんあの女《ひと》はそれを脱いでみせたりしなかったのに、私の脳裏にはさらに、裸の、まるく膨らんだお腹があらわれる。あれじゃないあれじゃない。あれには似てない。私は思わずナイフを引っ込める。


「何があれには似てないんだ」

ぎょっとして振り向くと父が立っていた。

昨日、店から帰ってきたときにはいなかったから、またしばらく姿を消すんだろうと思っていたが、まだ近所にいたらしい。

もしかしたら、ずいぶん前から私の背後にいたのかもしれない。母や弟とともに暮らしているときから、父は家にいても、同じテーブルに着いているときでさえ、そこにいないかのように気配を消してしまうことがよくあった。

「私、声に出してた？」

「テレパシー」

事実を告げる、という口調で父はそう言って、私の横に掛けた。庭の緑が見えるように、椅子は横に並べてある。

父は自分のワイングラスを持ってきていた。それから小鉢も。小鉢の中には、緑色のものが入っている。

「野菜室のアスパラ、少し使ったぞ」

アスパラガスは私が昨日店から持ち帰ったものだった。シチリア島からの空輸品で、日本でよく見かけるものよりずっと細くて、緑色のツクシといった風情《ふぜい》だ。味も山菜っぽくて、少しぬめりがある。父はこれをお浸しにしていた。鰹節がかかっている。

「緑のものもちゃんと食べないと」

もっともらしいことを言いながら、自分はさっさとブッラータに手を伸ばしている。

「これは、あれだな」

と父は言った。私は思わず父の顔を凝視する。

「いかにも杏二が好きそうな食いものだな」

「ああ……」

テレパシーで伝わってもいいように、私は心の中で円周率を暗唱した。

空は少し暮れてきた。母が植えたのがこぼれ種で年々増えているアマの白い花が、薄闇の中に浮かび上がって昼間よりもくっきり見える。父がロウソクに火を点《とも》した。そんなものまで持ってきたのかと私はちょっとびっくりした。女を喜ばせることを、ほとんど無意

識にやってのけるところは弟とよく似ている。それを言ってやろうかなと思っていると、

「そういえば、この前あいつを見たぞ」と父は言った。

「どこで？」

「病院。なんか、魂が抜けたみたいな有様だったぞ」

「インフルエンザだったのよ。お父さんは何で病院にいたの？　どこか悪いの？」

「こないだ一緒に飲んだ女が、あそこの受付やってるっていうから、見にいったんだ」

失敗だった、見にいかなきゃよかった、と父は続けたが、その件はそれで終わりらしかった。

「女と一緒だったぞ」

「めずらしい？」

「なんか、めずらしい雰囲気だった」

「付き添ってもらったのかしら。うつさないように気をつけなさいって言ったのに」

「偲も知ってる女なのか、あれ？」

「あれって言われてもどれだかわかんないわ。いっぱいいるんだもの。たまたま前の晩に一緒にいた娘《こ》でしょ」

父は肩をすくめてみせ、私は「めずらしい雰囲気」ということについてあらためて考えてみた。

「そういえば、最近ちょっとめずらしい感じではあるわね」

「女ができたんじゃないのか」

杏二の日頃の素行を考えれば、おかしな言い草には違いない。でもそれは、私もちらりとは考えていたことだった。

「とうとう年貢を納める気になったってことかしら」

「へっへっへ」

父が笑った。あまり笑わないひとなのでこれもまためずらしいことではある。爽快な笑いかたとは言えなかった。

「それは無理だな。あいつは絶対そういうことにはならないよ」

「そう？」

「あいつの土地に草は生えない」

「うまいこと言うわねえ」

私は感心した。父親が息子を論評する言葉としてはどうかと思ったけれども。

「たまには店に来てみたら？」

いつか言おう、と思っていたことがなぜか今口から出た。

「いやだよ」

と父は言下に断った。

「不毛な男と不毛な男は相性が悪いんだ」

なるほどね。私はあらためて感心して、アスパラガスのお浸しをつまんだ。とてもおいしくできていた。野生アスパラは父にとってははじめて見る野菜だろうに、茹で加減も醬油《しょうゆ》と鰹節の量もぴたりと決まっていて、私は三度感心する。

野生アスパラガスは、「アモーレ」ではパスタに使われる。パスタはタリオリーニ。平打ちの細い麺。パスタとアスパラガスを一緒に茹でて、アンチョビのソースで和《あ》える。

それが今ちょうど出来上がったところだ。杏二は皿に盛りつける前にフライパンを私に見せつけるように動かして、「ふふふん」と得意げな声を出す。アスパラガスを仕入れたときにまかないで同じものを作ってくれたので、おいしいことはよくわかっている。不毛な男たちがかくもおいしいものを作れるというのは、興味深い事実だと思う。

私は皿を受け取ろうとしたが、杏二はそれを自分で運んでいった。アスパラガスのタリオリーニを注文したのは、若い女性の二人連れだ。今日はじめて来た、洒落た格好をしたきれいな娘たちで、杏二はあきらかに狙っている。どちらの娘なのかわからない——ということは、両方かもしれない。きゃあという嬌声《きょうせい》が上がり、杏二が笑う声も聞こえてくるが、彼女たちの席に背を向けてこちらに戻ってくるときには、弟はにこりともしていない。

これもめずらしいことだ——杏二が、女の子たちを誘うのを楽しんでないように見える、というのは。

父親には言わなかったが、最近の杏二は悪くなっている。

楽しんでないように見えるにもかかわらず、手当たり次第に誘っている。以前から手当たり次第だった、と言えないこともないのだが、以前と最近では何かが決定的に違う——たとえるなら、杏二が作るアスパラガスのタリオリーニと私が作るのとでは、一見同じに見えたとしてもその味には決定的な違いがあるように。最近の誘いかたからは、キレとかエレガントさが失われている。それに楽しそうではないのも問題だ。楽しくないのに誘うなんて、相手に失礼ではないか。

そのうえ今日は沙世ちゃんも真行寺くんと一緒に来ている。そんなときにはこれまでの杏二だったら、新顔の女の子に興味津々だったとしてもとりあえずはそれを隠すというか、すくなくとも隠す努力をしているという態度を見せたものなのに、それもしない。客としてはともかく女としての沙世ちゃんの存在は杏二からまったく黙殺されていて、気の毒と言うほかない——最も気の毒なのは、沙世ちゃんがピリピリしている理由がまったくわかっていないらしい真行寺くんなのかもしれないが。

「ああ、それなら姉に聞けばいいよ」

杏二はまた女性二人連れと喋っている。姉ちゃーん、と私を呼ぶ。そんなふうに営業中に弟ぶるのもめずらしいことで、するとその弟効果に二人連れが易々《やすやす》と反応し、きゃっきゃと笑うのでいやになる。

「この子たち、来週韓国行くんだって。旨い店を教えてあげてよ」

「私、全然詳しくないわよ」

「参鶏湯《サムゲタン》の旨いの食ったって言ってたじゃん。そこ教えてよ」

なんなの、もう。私は憤ったが、サービス業のプロらしくそれを隠して、彼女たちに教えた。明洞《ミヨンドン》で参鶏湯といえばそこがいちばん有名だからすぐわかるわ、と。韓国旅行のことはもう忘れようと思っていたのに。

インド旅行が現実的に無理だとわかったときに、じゃあ韓国へ行こう、と決めたのだった。

日曜日の朝早い飛行機で出かけて、月曜日の昼過ぎに帰ってくることにした。近いから韓国にしたわけではない。目的がちゃんとあった。参鶏湯でも甘藷湯《カムジヤタン》でもない、たったひとつの目的。

その目的を達するには困難を極めた。つまり探しものがあったのだが、私にとっては日本国内で探すのだって大変なのに、それまで行ったこともない、言葉にいたってはとりつくしまもない韓国だったのだから。ほんの小さな手がかりがあるだけだった。私はやみくもに歩き、やみくもに訊《たず》ねてまわった。

宿泊地である明洞から、仁寺洞《インサドン》、三清洞《サムチヨンドン》、東大門《トンデムン》、梨泰院《イテウオン》と、地下鉄に乗ってぐるりとまわった。頭の中では、昔のヒット曲「港のヨーコ・ヨコハマ・ヨコスカ」が流れていた。私が探していたのも、まあ言ってみれば女だったから。アンタアノコノナンナノサ。それも聞こえた。自分自身へのつっこみとして。

梨泰院のアクセサリーショップで、「手がかり」を店員にみせたとき、あーあーあー、というそれまでにない旺盛《おうせい》な反応があって、明洞にある店の名前を親切に紙に書いてくれた。それで気持ちがはやるままに、タクシーで明洞に戻ったのだが、着いたのが参鶏湯屋の前だった。

教えられた店が食べ物屋であることにびっくりしたが、梨泰院の店員がでたらめを言ったとは思えなかったから、とにかく入ってみたのだった。ちょうど空腹にもなっていたし、店の片隅で雑貨を売っていたりするのかもしれないと考えて。テーブルに着いたとき、なぜここを教えられたのかがわかった。壁にポスターが貼ってあったのだ。ハンサムな青年が、参鶏湯の前で親指を立てている。傍《かたわ》らに書かれたハングルの意味が私にはわかった。それは「手がかり」のマグネットに書かれている文字と同じだったからだ。〝俺の大好物〟。そして隣にはもう一枚のポスターがあって、かわいい女の子が参鶏湯の前でうっとりと微笑んでいる。添えられた文字は青年バージョンのものと少し違うが、〝私の大好物〟であることは間違いなかった。私は興奮して立ち上がった。

それからもなかなかやっかいだった。私が騒いでいるのは、参鶏湯が早く食べたいからではなくて、マグネットがほしいからだと店の人にわかってもらわなければならなかったし、マグネットはどこに行けば手に入るのかを知っている人が出てくるまでにしばらくかかったし、もちろん参鶏湯も食べなければならなかったからだ（参鶏湯はとてもおいしかった。一瞬、マグネットのことを忘れるほどのおいしさだったから、来週韓国へ行くという二人連れに教えたのはもちろん正しい）。

だがとうとう、私は目的を遂げた。東大門にその参鶏湯屋の支店があって、マグネットはそこのレジ横で売っていた。〝俺の大好物〟と〝私の大好物〟とが並んでいた。私はもちろん、〝私の大好物〟を買った。手にしたときには、万能の力を授かったかのように思えた。松崎さんからもらったマグネットを眺めているとき、きっとこれはペアであるはずだ、と思いついたのがそもそものはじまりだったのだが、まさか本当に見つかるなんて。〝俺の大好物〟を見つけるだけでもいいと思っていたのに、〝私の大好物〟を手に入れたなんて。私ってすごい、と。

でも、その万能感は、帰国して日が経つにつれしぼんでいった。韓国まで行って探して歩いて手に入れて帰国して、でもそのあと私は、あいかわらず何もできずにいたから。

沙世ちゃんと真行寺くんも、二人連れの女性たちも、メインに肉を選んだ。豚と羊のロースト。羊の骨の際《きわ》まできれいに嚙《かじ》り取って、付け合わせの茄子のグラタンもぺろりと平らげたそれぞれの皿が戻ってきた。

杏二は二人連れと飲みにいく約束をしていた。閉店後、あとは私がやっておくわよと言ってやると、そう？　悪いねとへらへらしながら、そそくさと出ていった。今頃は二人連れとどこかのバーか、もしかしたら彼の部屋でちゃらちゃらしていることだろう。私同様それを察しているに違いない沙世ちゃんは、どこかで苛々《いらいら》していることだろう。その横で真行寺くんがうろうろしているかもしれない。よく眠りよく食べてよく恋をして。健康な人たちだわと私は思う。最近の私は、自分が世界でいちばん不健康な人間であるみたいな気がしている。

帰り支度をしているとき、ドアの向こうに誰かいることに気がついた。人影は窓のほうにまわって中を覗いてから、またドアの前に戻った。私は気づかないふりをしていたが、ドアはためらいがちに押し開けられた。

「あら。こんばんは」

仕方なしに私はそう言った。

「こんばんは」

か細い声で、初子ちゃんは返す。視線はまだ店内をさまよっている。杏二ではなく、杏二がいない理由を探しているのだろう。

「あの、お店、もう終わりですよね」

「ええ」

聞かれたことにだけ私は答えた。じつのところ、今はあまり初子ちゃんに付き合いたくなかった。いかにも不健康そうな様子だからだ。不毛な男と不毛な男の相性が悪いように、不健康な女と不健康な女の相性もかなりよくない気がする。

初子ちゃんは途方に暮れたような顔で私を見た。

「……エスプレッソでも飲んでいく?」

つい、そう言ってしまった。初子ちゃんはかなり迷う様子を見せてから、頷いた。相性のことは彼女も感じているのかもしれない。

自分のぶんも淹《い》れた。初子ちゃんがドアに近い椅子に掛けたので、私は正面のカウンターの端の席に座った。狭い店だから、適度な距離だ。

「インド、行った?」

いつまでたっても初子ちゃんが何も言わないので、私はそう聞いた。旅行代理店の店先でばったり会ったとき、インドツアーのパンフレットを彼女もバッグに入れていたのを覚えていたから。初子ちゃんは首を振る。

「偲さんは、いらっしゃったんですか」

「韓国にしたの」

「いかがでしたか」

私は肩をすくめるにとどめた。（ばかみたいだったわ、韓国じゃなくて私が）と心の中で言いながら。

「私も行けばよかったな」

「韓国？」

「インド」

「まあ、ねえ」

（どこに行ったって、結局は帰ってくるわけだから）と私はまた心の中で呟《つぶや》いた。

「インドに行って、もう帰ってこなければよかった」

私の心の声が聞こえたかのように、初子ちゃんはそんなことを言う。

「インド永住は過酷そうじゃない？」

「ここよりはいいですよ」

「そうなの？」

「なんでこんなことになっちゃったんだろう」

どんなことになっているのか、私は聞きたくなかった。杏二の女癖に関してはどうすることもできないし。

「杏二さん、元気ですか？」

私は頷いた。初子ちゃんはそれきり黙っている。何か言いたげな様子ではあるが何も言わないので、結局私が「今度は営業中にいらっしゃいよ」と笑ってみせた。

「最近、初子ちゃんが来ないから、杏二も気になってるんじゃないかしら」

初子ちゃんはさびしそうに微笑した。

初子ちゃんを送り出したあと、私はしばらくの間店にいた。何をするでもなく、初子ちゃんの微笑を思い返し、自分の場当たり的なリップサービスを後悔したりしていた。家に帰ったときには午前二時を過ぎていた。父の姿はなかった。玄関とキッチンの灯《あか》りだけが点《つ》いたままになっている。

灯りを消すためにキッチンに入ると、テーブルの上にメモ用紙が一枚、たぶんぱっと目に入るようにしたのだろう、四本のアスパラガスで四方を囲んで置いてあった。

父の字で、その紙には「猫でも飼え」と書いてあった。

というわけで、翌日の正午、私ときたら、猫を探して歩いている。

隣家からはじめることにする。ここの奥さんは最近、駐車場に餌を置かなくなった。「天狗《てんぐ》（私の父）」が雌猫を捕まえては避妊手術を受けさせているので、子猫がいなくなったせいじゃないかと私は考えている。集まってくる猫の数は少なくなったのだが、状況の変化が理解できずにまだじっとそこに座って待っている（ように見える）猫も数匹いて、ずっと不憫《ふびん》に思っていたのだ。

今日も二匹いた。植え込みに座っている小形の黒猫と、赤いBMWのボンネットに寝そべっている大きめの白黒と。黒猫はすぐに植え込みの中に引っ込んでしまったが、白黒は私が近づいても動かない。つまらなそうに眺めている。性格の悪そうな猫だが、そこは妥協することにしようと思う。チチチチ、と舌を鳴らしながら私は手を伸ばした——とりあえず頭を撫《な》でようとしたのだ。私の指先が届きそうになると、猫はボクサーみたいに頭だけをすっと後ろに引いてよけた。私がさらに一歩近づくと、ゆらりと立ち上がり、車の向こうへ行ってしまった。

それで私もその場を離れて、歩き出した。今日は五月らしい爽やかな晴天で、猫を探すにはうってつけの日と言えるだろう。曇天でも雨天でも、同じことを思うに違いないけれど。でも、猫というのは探そうとすると案外見つからないもののようだった。それから先は一匹も見あたらなかった。どこかの家から、カレーの匂いが漂ってくる。私はさらに歩いた。もとより、私がひょいと連れて帰れるような猫がそうそういるわけもなく、いるとすればそれはすでに誰かに飼われている猫だろう。本当に猫を飼いたいと思っているなら、路上を探す以外の方法があることもわかっていた。私はただ探したいだけなのだ。

ただ、今日の私はひとつの決意を忍ばせているようだった。文字通りポケットの中に忍ばせていたのだ。私は猫を探すふりをしながら、じわじわと本当の目的に近づいていった。バスに乗り、バスを降り、さらにじわじわと歩いた。松崎さんのマンションが見えてきた。

あと少しだった。道を渡って、マンションに入り、エレベーターに乗って、呼び鈴を押す。松崎さんが留守であるということは考えなかった。とうとうここまで来た、ということだけ考えていた。できなかったことを私はしている。しようとしている。あとのことも考えていなかった。

もちろん私は、考えが足りなかったのだ。横断歩道を渡りきったとき、マンションのエントランスのドアが開き、出てきたのは松崎さんのフィアンセだった。今日は山吹色のマタニティウェアを着て、白い日傘を持っていた。松崎さんの家には彼女もいるのだということを忘れていた。いや、たぶん覚えてはいたのだが、今日はいないはずだと決め込んでいたようだった——何の根拠もなく。でも、彼女はいた。そして目ざとく私を見つけて、

「あらあ！」と心底嬉しそうな声を上げた。

「こんにちは。松崎にご用？　それとも私？」

「いえ。たまたまです。通りかかっただけなんです」

という私の声は、早くも恐怖で干上がっていた。

「出かけるところだったんだけど、戻るわね。松崎は今、いないのよ。でもすぐ帰ってくるから。お茶でも飲みながら待ってて。それともワイン？」

けらけらけら、とフィアンセは笑った。通りかかっただけだと言っているのに、言葉が通じないのだろうか。それになぜ笑うのだろう。いえ、と私はもういちど繰り返し、首を小刻みに振ってみせた。それで意思表示はじゅうぶんだと思ったので、右に方向転換した。にゅっとフィアンセの手が伸びてきた。

さっきの猫と同じ動きで、私は辛くもそれを躱《かわ》した。そして逃げた。走りながら振り返ると、フィアンセは追いかけてきていた。信じられない。妊娠しているのに。しかし、妊娠しているからなのか、足は速くなかった。自慢ではないが私は、小学校から高校まで、徒競走はいつも上位だったのだ。そのうえ恐怖が、身体能力を倍増させた。次に振り返ったときにはもうフィアンセの姿は見えなかった。私は少し速度を緩めたが、走るのをやめることはできなかった。何か通常ではない方法を使って、今にも彼女が背後にあらわれるような気がしたのだ。

商店街の四つ辻《つじ》まで来たとき、私は足を止めた。いいかげん体力も尽きかけていたが、もっと大きな理由があった。角に老舗の豆屋があるのだが、そこのレジに向かっている背中だ。私はそろそろと店の中に入っていった。

「松崎さん」

「ひゃあ」

松崎さんは振り向くと同時に声を上げた。

「びっくりしたなあ。いや、なんかすごくびっくりした」

「私も」

と私は言ったが、なによりびっくりしたのは、今この瞬間、自分の中で決意が固まったことだった。

「松崎さん」

私が再度そう言ったのは、レジの向こうの店員が商品を入れた袋を彼に手渡したがっていることを教えるためだったが、彼の名前を呼ぶたびに、今日の私は強くなっていく気がした。

「ちょうどよかったよ。いっぱい買ったから今度お土産にしようと思ってたんだ。どれがいい？　好きなのをあげるよ」

店員から受け取った袋を、松崎さんは私に開いてみせた。ここの豆やおかきがおいしいことはもちろん私も知っている。

「偶然じゃないの」

と私は言った。

「ん？」

と松崎さんが聞き返す。

「たまたま通りかかったわけじゃないの。私、ずっと探してたの。松崎さんを」

また名前を呼んでしまった。

「あ、そうなの？　なんで？」

私たちはまだレジの前にいて、松崎さんよりよほど期待に満ちた表情で店員が見ている。

「渡したいものがあったから」

「へえ。何、何？」

私はポケットの中からマグネットを取り出した。松崎さんに渡す。松崎さんはそれを見た。店員も見た。

「あー」

という声を松崎さんは発した。

私はそれから、翻訳するつもりでいた。そのハングルは「私の大好物」という意味なんですと。でも、しなかった。する必要はないとわかったのだ。私はその瞬間を、一生忘れないだろう。

松崎さんは赤くなったのだ。

本日のメニュー 9

手長エビのグリル
かぼちゃのニョッキ
天然真鯛《てんねんまだい》のアクアパッツァ
必要なことだけする女

そうじゃないケースのほうが最近は多いみたいだが、私は生まれたときから美しかった。お人形みたいに可愛《かわい》らしい、という言葉を飽きるほど聞きながら美少女になって、すごい美人になるだろうねと会う人ごとに言われながら、実際のところすごい美人になった。

美人には美人のために用意された人生がある。それは必ずしもすばらしいものとはかぎらない。美しいが故につらい目に遭う人たちもいる。気の毒だが、自業自得だ。

私はつらい目には遭わなかった。努力したからだ。善きことだけをしてきたとは言えないけれど、仕方ない。納得いく人生を送るためには、善きことではなく必要なことをしなければならないから。

沈黙。それから、

「リコちゃんかあ」

と、松崎さんは言う。私は携帯電話を持っていないほうの手で、左足の親指のペディキュアの、一ミリほどはげた部分に、エナメルを塗り直した。ランバンの銀のサンダルに合わせたネオングリーン。

「〝やあ〟は？」

私は言った。えっ？ と松崎さんは聞き返す。

「〝やあ、リコちゃんか〟でしょ？ 今まではそう言ってたでしょ？ なんで〝やあ〟が取れちゃったのかなと思って」

「取れたんじゃないよ、忘れたんだよ」

松崎さんは慌てている。

「どうして忘れちゃったの？」

「どうしてって……。年。年のせいだよ」

「ふーん」

右足の親指も塗り直すことにした。その間は口を利かないことにする。それから、

「じゃあ、やり直して」

と、あまい声で言った。

「え、なにを?」

「〝やあ、リコちゃんか〟って、ちゃんと言って」

ほんの少しの間があった。時間にして十秒。

「〝やあ、リコちゃんか〟」

「よくできました」

私はそう言ったけれど、右足のペディキュアははみだしてしまった。ちっ、と舌打ちしそうになるのをかろうじて抑える。

「今夜、アモーレでお食事したいな」

すると予想通りの沈黙がある。

「今夜はちょっと、都合悪いんだよ」

これも予想通り。

「どんな都合?」

「いや、都合っていうか、具合。腹具合」

「あらそうなの? 大丈夫? お医者さん行った?」

「医者行くほどでもないんだけどさ」

「アモーレに行けないほどではあるっていうことね」

「うん、そう。まあ、そう」

「じゃあ私、ひとりで行ってこようかな」

「え。行くの？　ひとりで？」

「何か問題ある？」

「いや、ない。べつにない。ないない」

「じゃあ、そういうことで。私、遅くなるかもしれないから、先に寝ててね」

電話を切ったのは私のほうからだった。いつも通りだ——松崎さんは、どんな場合でも自分から電話を切るということがないひとだから。それでも私は少しの間、携帯電話をじっと見ていた。

違和感は電話する前よりも大きくなっていた。「アモーレ」なんてべつに行きたくもなかった。いわばリトマス試験紙として使っただけだ。松崎さんがあの店に私と一緒に行きたがらないのはずっと前からのことだけれど、断りかたが微妙に以前とは違っている。やっぱり、何か起きている。私はそう確信した。

店長の黄色い声が聞こえてきた。あの黄色っぷりからすると、毎回十万単位でお買い上げになるお得意様が来店したに違いない。休憩時間はあと五分残っているが、切り上げて売り上げを伸ばしに行くことにした。私の職場は青山にあるハイエンドブランドを扱うセレクトショップだ。

「あらあー。いらっしゃいませー」

私はニッコリ微笑《ほほえ》んで、もちろん黄色い声を上げる。私はいつでも、必要なことだけをする。

午後八時、私はオープンカフェでジンジャーエールを飲んでいた。今日みたいなムシムシする日には、本当ならビールを飲みたいところだけれど、仕方ない。妊婦はアルコールを摂取しないことになっているし、ここは六本木で、知り合いに会う可能性がなくはないから。

このカフェでは以前、大食い大会のロケが行われていた。一時間でハンバーガーを何個食べられるかという、ばかばかしくもくだらない競技。あの偶然はなんだったのだろう、と今も思う。あの日私は、たまたま通りかかり、人垣にちらりと目を向けたのだった。テレビのロケらしいとわかって興味を失い、顔を戻そうとしたそのときに、ひとりの大柄な男性が人垣から離れて、すると私のいるところから舞台まで、一直線の隙間ができた。

すぐに人垣が動いたので、それは一瞬のことだった。でも、その一瞬、舞台の上にいる女が私の視界に入った。白いクロスを掛けた小さなテーブルの向こうに座り、ハンバーガーと同じくらいの大きさに口を開けて、それを嚙《かじ》りとろうとしている女が、牧野《まきの》あかねだと、私にはすぐにわかった。十五年間会っていないにもかかわらず。

梅檀《せんだん》は二葉より芳《かんば》し。というのは祖母から教わった言葉だ。私が二十代の頃、鏡の前で泣き顔の研究をしているところを目撃されて、そう言われた。あんたは子供の頃からそんなことばっかりしよったね、と。そのとき私はぎくっとし、ぎくっとさせられたことで祖母にむかついたから、これはどちらかといえば悪い思い出だけれど――それはともかく、牧野あかねも梅檀は二葉より芳しかったわけだった。中学のとき同じクラスだったのだが、その頃から大食いだった。偏食だったり小食だったりで食べられない子たちの給食を一手に引き受けていた。

明るい性格の子で人気者だったのだが、二年生の二学期から暗転していじめられっ子になった。バキューム、という渾名《あだな》がついたのがきっかけだった。それまで彼女の大食いは人助けだと見なされていたのに、渾名以降、たんなる意地汚い女だというイメージが定着していった。渾名を考えたのも、イメージを定着させたのも、私だった。いじめの標的が自分になりそうな気配――それは本当に微《かす》かな、私にしか察知できないだろう気配だったのだが――があったので、矛先を変えるべく画策したのだ。牧野あかねには申し訳なかったが、仕方がなかった。あれもまた必要なことだったのだ。

今日、あの日舞台になっていたスペースにはピアノが置かれ、赤いTシャツと色褪《いろあ》せたデニムという姿の髭《ひげ》もじゃの外国人が、自分に酔ったようになって弾いている。もちろん、大食い大会のロケはやっていない。私はジンジャーエールを飲み干して、会計を済ませて店を出た。その気になって調べれば、今はたいていの情報は手に入る。牧野あかねの「大食いファイター」としての芸名は、アレキサンドリア牧野だった。アレキサンドリア牧野は芸能プロダクションに所属している。そのプロダクションは西麻布にあって、私の足はそちらに向かって歩いていく。

オートロックのマンションではなかった。しかしロビーに守衛がいるのが、アプローチから見えた。いてよかった。私は芸能プロダクションなんかに用はないからだ。もしも守衛がいなかったら、何となく来てしまった勢いでエレベーターに乗っていたかもしれない。しかし私は入口のドアに近づきすぎていたようだ。踵《きびす》を返して歩き出すと、中から守衛が出てきて追いかけてきた。

「何かご用ですか」

三十代半ばくらいの、意外に若い男だった。きっと芸能プロダクションが入っているようなマンションには、へんな人やあぶない人がふらふらやってくることもあるから、飾りじゃなくて実際的に役に立ちそうな人を雇っているのだろう。

「帰ろうとしてる人間に向かって、そう聞くのってへんじゃない？」

私はニッコリ笑ってそう言ってやった。自分のニッコリの効果についてはよくわかっている。

「いや……あなた、中を窺《うかが》っていたでしょう」

「私、このマンションのお部屋買おうと思ってるの。それで下見に来たのよ。とくに守衛さんが好みに合わないと困るから」

守衛は赤くなった。そこで終わりにしてもよかったのだが、私はつい、

「このマンション、芸能プロダクションが入ってるでしょ？」

と続けてしまった。

「隠さなくてもいいのよ。調査済みなんだから。アレキサンドリアなんとかって、大食いタレントとかが所属してるプロダクションでしょ。そういうタレントが出入りしてるせいで、風紀が乱れるっていうか、迷惑することってないのかしら？」

赤いまま、守衛は私をあらためて検分するように見た。少し喋《しゃべ》りすぎてしまった。

「アレキサンドリアさんは、礼儀正しい方ですよ」

「あらそう？」

「はい。ただファンが多くて、中にはここまで押しかけてくる人もいます。親しみやすいキャラクターなので、なにか勘違いするひとが多いんです。アレキサンドリアさんご本人はもちろんですが、住人の方々にとっては、そちらのほうが迷惑なんです。だからこちらも警戒せざるを得ないんです」

あんたも本当はそういう勘違いしたファンのひとりなんだろうと、守衛は言いたいらしかった。

「あなたもアレキサンドリアさんのファンなのね」

「いや……」

「ファンなのよね」

ねじ伏せるようにそう言ってから、私は今度こそ立ち去った。奇妙な気分だった。牧野あかねが礼儀正しい、親しみやすい人間で、意外にファンが多いらしい（実際のところ守衛にも好かれているに違いない）という事実を知って、自分がどういう感情を持つべきなのかよくわからなかった。よくわからない、というのは私にとって奇妙なことなのだ。

「アモーレ」の黒板は、いつものようにアモーレ姉のちまちました字でぎっしりと埋まっている。

前菜だけでも相当数ある。ブッラータのカプレーゼ。カポナータ。アーティチョークのフリット。茄子のグラタン。鳴門《なると》海峡の天然真鯛のカルパッチョ。駿河《するが》湾産手長エビのグリル。読んでいると頭がくらくらしてくる。

鳴門海峡とか駿河湾とか天然とか手長とか、必要なのかしら。たんに鯛のカルパッチョとかエビのグリルじゃだめなのかしら。っていうかこんなに品数が必要なのかしら。イタリアンなんてチーズとピザとミートソースだけでじゅうぶんなんじゃないのかしら。それが私の意見なのだが、もちろん口に出したりはしない。自分の食への関心が世間一般の水準から見ても低いほうであることは自覚している。二十代のはじめの頃は、関心が高い女だと思われたくてそのための努力をしたこともあったが、今はしない（関心のなさをわざわざ披露もしないけど）。関心がなくたってべつの方法でイタリアンのシェフと婚約できたわけだし、彼と暮らしていても関心がないままでいられる、というのは、できることなら広く世間に知らしめたい興味深い事実だ（知らせないけど）。

「どうします？」

正面カウンターの真ん中に座った私に、アモーレ弟が聞く。もちろん私はこの姉弟の名前を知っているし、口に出すときにはそれらの名前を使うのだが、自分の中ではずっとアモーレ姉とアモーレ弟で通している。名前を覚えていないことにしておきたい人というのが私にはたまにいる。

私はちらりとアモーレ姉のほうを見た。厨房《ちゅうぼう》の出口で、壁にかけたカレンダー――イタリアの観光写真つきの――をめくって何か調べているが、ふりであることは明白だ。姉が私の注文をとろうとしないから、仕方なく弟が声をかけてきたのだろう。

「あんまりお腹《なか》、空《す》いてないのよね」

実際には空腹だったが、私はいつものようにそう言った。あれこれ選んで時間をかけて食事する、というのが私は面倒くさくて仕方がない。それにこの店には食事に来ているわけでもない。

「アクアパッツァって何？」

その質問は、はっきりとアモーレ姉のほうに向かって発した。だからアモーレ弟は答えることができずに間ができて、ようやくアモーレ姉がこちらを向いた。

「アクアパッツァについてお訊《たず》ねですか？」

この姉はいつも私に口を利くときには、裏返ったへんなイントネーションで発声するのだが、今日は意外に落ち着いた口調だった。気に入らない、と私は思う。

「アクアパッツァは、お魚を水とトマトと白ワインで蒸し煮したお料理です。とってもおいしいですけど、今日はお魚も大きいし、お一人で召し上がるにはちょっと量が多いと思います」

「じゃあそれにします」

姉は本を読むように説明した。一度もつっかえなかったことも、目を逸《そ》らさずに喋りきったことも、気に入らない。

「え？」

「アクアパッツァ食べます。とってもおいしいんでしょ？　あとお水とピクルス。ピクルスはミョウガ抜きで」

アモーレ姉が弟のほうを窺い、弟が小さく肩をすくめるのが見えた。

もう午後十時をだいぶ過ぎていて、私のほかに「アモーレ」にいる客は二組だけだ。女性の二人組と、以前にもここで見かけたカップル。二人組はもちろん、カップルの女のほうも、アモーレ弟にいかれちゃってるんだろうなと私は思う。もう少し下品に言うなら、やられちゃってる、ということでもあるのだろうが。バカ女たち。私は胸の中で毒づく。ヒマ女たち。男にいかれて（または、やられて）、ただ手をこまねいているだけの女たち。

アクアパッツァができあがったらしい。こちらで切り分けてお出ししましょうか、とアモーレ姉が言い、その言いかたも気に入らなかったので、「いいえ結構」と私は断った。その結果、鳴門だか天然だか知らないが、ばかでかくてグロテスクな鯛と格闘する羽目になってしまった。

そもそも私は魚を食べるのが苦手なのだ。適当にナイフを入れると、さくりと身が外れたので、よしよしと食べはじめたらわりとおいしく、どんどん食べていたら骨が舌に刺さった。大きな骨は外せても、小さな骨が身のあちこちに潜んでいる。油断ならない。たかが食べもののくせに油断ならないとは腹立たしい。おまけに鍋の中には鯛のほかにもアサリがうじゃうじゃ入っていて、これをひとつずつ食べるのも面倒くさい。私の人生はじゅうぶんに忙しいのだから、食べることごときに手間暇かけている余裕はないのだ。

私はナイフとフォークを置き、水を飲み、そして、

「かぼちゃのニョッキください」

と言った。アモーレ姉弟が、さっきと同じように目を見交わす。

この店での自分のふるまいが非常識であることはわかっている。まっとうな常識人である自分がこの店でだけ非常識になるのは、この店がきらいだからだ。

松崎さんがよく話題にし、にもかかわらず私と一緒に行くことはあれこれ言い訳をつけて頑《かたく》なに避けるこの店に、ひとりで偵察に来たときからきらいだった。はっきりした理由があったわけではない——松崎さんと知り合う前に、ひとりで来ていたらべつに好きにもきらいにもならなかったかもしれない。そしてその最初の日から、アモーレ姉が松崎さんに懸想していることにも私は気づいていた。私が店にあらわれたときの弟の反応と、「松崎の婚約者です」と自己紹介したときの姉の反応とを合わせれば、そんなことはこの私には易々《やすやす》とわかってしまう。

「こちらはお下げしますか?」

ニョッキの皿を持ってきたアモーレ姉が、アクアパッツァを指して聞く。もちろん、と私は答えた。

アモーレ姉は言われたとおりにしたが、私の前にニョッキの皿を置いたあとも、まだその場に突っ立っていた。なんのつもりだろう。私がじろりと見上げると、ちょっと怯《ひる》んだ顔になったが、まだ動かない。

「ニョッキがお口に合うといいんですけど」

私は一口食べて、肩をすくめてみせた。アクアパッツァと同じくらいおいしかったし、何より断然食べやすかったが、それをこの女に伝える必要はないだろう。

「……あの」

驚いたことにアモーレ姉はさらに何か話しかけようとしていた。この私に向かって。いやな予感がした。聞きたくない、と思った。

「うっ」

私はお腹を押さえて体をふたつに折って、胎児に異変が起きたふりをした。

「え？　なに？　なんですかっ？」

アモーレ姉が狼狽《ろうばい》した声を上げる。私はくの字になったままの姿勢で立ち上がり、トイレを指さした。

「……大丈夫だと思うけど、ちょっとたしかめてくるわ」

姉の視線が私のお腹に注がれるのを感じながら、トイレに入った。たっぷりギャザーを寄せたブラウスの下のお腹はぺたんこで、もちろん痛くも痒《かゆ》くもない。五分くらい待ってから「おさまったわ」と出ていこうと思う。

妊娠したことがないから、そういうことが起きるのかどうかもわからないが、アモーレ姉だって未経験なのだから、そういうものだと思うだろう。妊娠は無敵で、有用だ。

松崎さんは、私が勤めるセレクトショップにやってきたのだった。二年くらい前のことになる。

ゲリラ豪雨に追いたてられて、飛び込んできたのが最初だった。あとで聞いたことだが、喫茶店だとばかり思ってドアを開けたのだそうだ。入ってきたときの彼は、間違いに気づいて動揺しているそぶりなど毛ほども見せず、この店こそが自分の目的地だったのだという態度で興味深そうに店内を見渡していた。ずぶ濡《ぬ》れでそうしていたから、ずいぶん奇妙な光景だったわけだが。

赤いTシャツにチノパンを穿《は》いていた。雨でTシャツが上半身に張りついて、見方によってはセクシーだったが、小柄なのと目がつぶらなのとで、川遊びしたあとの小学生みたいにも見えた（私の生まれ故郷には大きな川があったのだ）。どっちにしても私は声をかける気も、近づく気もなかった。店長ですら「いらっしゃいませ」とも言わなかった。本人がどう繕おうとも、雨宿りのために入ってきたのはあきらかだったし、ぱっと見センスというより経済的に、うちの店の顧客になるようなタイプではなかったからだ。

そのとき私は、ランジェリーを陳列した棚の前にいた。だから油断していたのだが、突然、松崎さんと——当然そのときは名前を知らないから、私は心の中で「チビ」と呼んでいたのだが——まともに目が合ってしまった。そして彼はツカツカと近づいてきた。嬉《うれ》しそうな顔をしていた。

「ちょっと、見せてもらってもいいかな」

彼が目を輝かせると、ぬいぐるみみたいな顔になる。黒いボタンの目がついたやつだ。

そういう趣味の人なのかと思って――彼女にランジェリーをプレゼントするようなタイプにも見えなかったから――、私は一瞬身構えたが、松崎さんの視線の先にあったのは、ランジェリーと一緒にディスプレイしてあった置物だった。陶器製のちっぽけな二体の犬。

犬のくせに眉毛があって、人を見透かしたような顔をしていて、ぜんぜん可愛くないので、こんなの捨てちゃえばいいのにと思っていた。

「これ、いくら？」

「売り物じゃないんです」

犬は店長の私物だった。犬同様に私にはどこがいいのかさっぱりわからない小物が、店内のところどころに飾ってあるのだ。

「いくら払ったら売ってくれる？」

私は店長を呼んだ。いくら払ってもらってもお売りできませんと店長は答えた。小物はどれも店長の前の夫が収集した海外のアンティーク品だった。それらをどうして店長が持っているのか、どうして自分の職場に飾りたくなるのか私には今でもさっぱりわからないのだが、とにかく店長にはどれひとつ手放す気はなくて、それが私と彼のはじまりになった。

松崎さんはあきらめきれずに、そのあと何回か通ってきた。その間に、犬はイギリスのスタッフォードシャー・ドッグといって、ビクトリア時代に流行した一対の置物だということを私は店長から教わった（ほかの小物にもそれぞれ曰《いわ》くがあって、全部聞かされることになったから閉口した）。それで私はネットで調べて、似たような犬の置物を探し出したのだ。結果的には、スマートフォンで見せた画像の犬を、松崎さんは買う気にはならなかったのだが――私には店長の犬とさしたる違いはないように見えたのだが、彼は「目つきが違う」と言っていた――、私の努力にはとても感謝してくれて、私は食事に誘われた。

その最初の食事は青山のイタリアンだった。どうして「アモーレ」じゃないんだろう、と、もちろんそのときは思わなかった。松崎さんと結婚しよう、と私が決めてから、彼とはじめて寝るまでに、ずいぶん時間がかかった。私が決めさえすれば簡単なことだろうと、正直言えばなめてかかっていたのだが、意外と手間どった。その間に、私はアモーレ姉弟の存在を知った。それから、松崎さんがアモーレ姉に、ときどき小さなプレゼントをしていることも。彼ははっきり言わなかったが、あの犬の置物もアモーレ姉に贈るつもりだったことは間違いなかった。だから私は急いだ。とうとう彼とベッドをともにしたときには、妊娠することを決めていた。

マンションの部屋の前には異変が起きていた。

はじめは何が変わっているのかわからなかったが、次の瞬間、ダンボールの箱がなくなっているのだ、と気がついた。

松崎さんが引越しに同意したときに、最初に詰めたダンボール。それ以降荷造りはまったく進んでいないから、最初で最後のダンボール、とも言える。でもとにかく、あれは松崎さんの意思だった。ドアの前に置いてあることで、「ちょっと遅れてるけどいつかは絶対リコちゃんの家に引っ越すよ」という意思表明だったはずなのだ。その箱が消えている。

ドアを開ける。家の中の明かりは煌々《こうこう》とついていた。それもまた異変だった。私が「アモーレ」に行ってから彼の部屋を訪れるときには、彼はたいてい寝たふりをしている。でも今日は起きていた。ちゃんと服を着て、キッチンの椅子に座っていた。その椅子に積み上げられていた本は脇にどかされていて、さらにもう一脚の椅子も、本やがらくたの山から発掘されて人が座れるようになっている。

「お帰り」

と松崎さんは言った。

「ちょっと、ここに座ってくれるかな」

「もう眠いわ」

私はそんなところに座って、彼がこれから話そうとしていることを聞く気なんかさらさ

らなかった。洗面所に向かおうとする背中に、

「ごめん、結婚できなくなった」

という松崎さんの声がかかった。

「どうして？」

私は振り向いて、ニッコリ笑ってみる。

「偲さんと結婚したいんだ」

松崎さんの顔が久しぶりにぬいぐるみ化している。目がきらきらしているのだ。

「それは困るわ」

私はまだ微笑んでいる。

「だって子供はどうするの？　私のお腹にいる、あなたの子供」

「責任はとるよ」

私はちょっと眉を上げた。大丈夫、まだ全然大丈夫、と自分に言い聞かせる。

「結婚するのが責任だわ」

「俺が持ってるだけのお金は全部渡す。慰謝料も、養育費も、払えるだけ払う。だからお願いです、別れてください」

松崎さんは深々と頭を下げた。私には信じられなかった——私が母子手帳を持っていないことにも気づかず、お腹がいつまで経っても平べったいままであることを不審にも思わ

ない、天然ぼけの、霞《かすみ》を食べて生きてるみたいな、人生に対して何の期待も欲望も持っていないような松崎さんが、こんなふうにはっきり意思表示するなんて。

「お願いだから偲さんと結婚させてください」

椅子を降りて土下座する松崎さんを、私はぼんやり見下ろした。無意識に、お腹に手をあてながら。まるでそこに本当に何かが入っているかのように、掌《てのひら》でまるくかたどりながら。

お金の計算をしながら歩いた。

婚約不履行で、松崎さんに請求するお金。彼が言う「持ってるだけのお金」はどのくらいなのか。彼がお金持ちじゃないことは知っているけど、もちろん、ぎりぎりめいっぱいもらうつもりだ。この私が寝てあげたんだもの。一時なりと、この私が恋人だったんだもの。この私を分不相応にも捨てたんだもの。

マンションが見えてきて、ドアの向こうに、この前と同じ守衛がいるのも見えた。私は自動ドアをくぐり抜け、「こんにちは」と彼にニッコリ微笑みかけた。

「どうも」

守衛は警戒心をあらわにしながら、顎を微かに動かした。結構イケメンじゃない？　と私はあらためて思う。本当にこのマンションに部屋を買うつもりだったら、この人がロビーに常駐していることはポイントになるだろう。

「これ」

バッグの中から取り出した封筒を差し出すと、守衛は一瞬うしろに下がった。爆弾でも入っていると思っているんだろうか。

「これ、アレキサンドリア牧野さんに渡してください」

爆弾じゃないしカミソリも入ってないから、と付け加えると、守衛はようやく封筒を受け取った。

「ファンレターですか」

私は頷《うなず》いた。

「この前、私、嘘《うそ》を吐《つ》いたの。私、彼女の大ファンなの」

「そうだと思いましたよ」

守衛が重々しい顔でそう言ったので、私は思わず笑ってしまった。

「渡していただける？」

「渡します」

「ぜったいに渡してね。大事な手紙なんだから」

「……櫻川理子さん、とおっしゃるんですね」

守衛は封筒の裏面を見て言った。

「その横に書いてある住所と電話番号も、本物よ」

「お返事まではお約束できませんが……」

「返事は期待してないわ」

私の望みは、私の謝罪を牧野あかねに伝えることだった。許してもらうことは期待していない。

マンションを出て歩き出す。また、お金のことを少し考え、それから、べつのことを思い出す。あなた、私のことが少しでも好きだった？　昨日、あの部屋を出ていく前に、松崎さんにそう聞いた。松崎さんは、ごめん、と言った。そんなことだろうと思った。一緒にいる間、私は彼から愛されている気がちっともしなかった。松崎さんはただ、私の言いなりになっていただけだったのだ。

じゃあ私はどうだったのだろう？　私は、少しは彼のことが好きだった。手に入れるために、妊娠したふりをする程度には。結婚さえしてしまえば、子供のことは、流産したとか、想像妊娠だったとか、生まれない理由を適当に作るつもりだった。松崎さんは、信じただろう。いや——私はちょっと考え直す。松崎さんは、信じることにしただろう、と。私をちっとも愛していなかったのと同じように、彼はじつは私をちっとも信じていなかったのかもしれないという可能性に、私は突然気がついた。

不思議なことだ。愛されても、信じられてもいないのに、どうして私は彼のことがほしかったのだろう。お金持ちではなく、かつてはちょっと有名なシェフだったかもしれないけど、今はろくすっぽ仕事をしていない、年寄りと言っていい男のどこが気に入ったのだろう？

わからない。このことについて彼と出会った最初から、ずっと考えているのだが、わからない。私はわからないことがきらいだから、別れてよかったのかもしれない。

それに、たぶん松崎さんと出会わなければ、私は牧野あかねに謝ろうとは思わなかっただろう。これもどうしてだかわからないが、そう思える。そして私は今、守衛に手紙を預けたことで、ずっと持っていた荷物をひとつ下ろしたような気持ちになっているのだから、私が彼と出会った意味はそこにあったのかもしれない。

休日だ。今日の私は、ぴたぴたのTシャツにスキニーデニム、スタイルの良さを際立たせる出《い》で立ち。さて、これからどこへ行こうかと考える。とりあえずは六本木のカフェで昼食をとろう。堂々と、ワインを飲もう。

本日のメニュー 10

フレッシュポルチーニ茸《たけ》の丸ごとホイル包み焼き
インサラータ・ディ・リーゾ
アンチョビパン粉のパスタ
カッポン・マーグロ
旅立つ女

店がはねたあと出かけたバーでしこたま飲んで、女の子の部屋で爆睡してしまった。午前四時に目が覚めて、まだ眠っている彼女を起こさないように鍵を探し、忍び足で部屋を出た。

昨夜は気にもかけなかった表札に目が留まる。A.MORITAと記してある。森田《もりた》（盛田？）ナニちゃんだったっけと考える。アイコ？　アユミ？　アンジェリカ？　全然思い出せない。というかじつのところ、顔もはっきり覚えていない。昨夜は店からバーに連れていった子がふたり、バーにいた子がひとり、たしか計三人の女の子がいたはずだが、その中の誰だったのか。

　俺はそのことにかるく動揺し、帰る前に顔をたしかめておこうとドアノブに手をかけ、結局やめた。戻って彼女を起こしてしまったらそのあとしばらく部屋にいなければならないだろうし、それを自分が望んでいるかといえば百パーセント望んでいないからだ。どのみち彼女は――三人のうち誰かは――また「アモーレ」に来るだろう。そのことも俺はさして望んでいないようだったが、それ以上考えるのはやめた。ドアをロックした後、鍵は新聞受けから家の中に戻しておく。

　俺の自転車は、マンションのアプローチの植え込みの脇に、鍵もかけずに置いてあった。だいたいここはどこなんだと思いながら、大きな通りを探して走る。数日前に梅雨が明けたとたん連日三十五度近くまで気温が上がるようになったが、早朝はまだ楽に走れる。十分ほどで自宅に帰り着いた。

「わっ」

　思わず声を上げてしまう。そっと鍵を回してドアを開けたら、初子ちゃんが立っていたからだ。何と言えばいいのか考えていると、「おかえりなさい」と初子ちゃんが言った。

「あ、ただいま」

「私、走ってくるから」

「え、そうなの」

　そうなの、と微笑んで初子ちゃんは出ていった。俺は彼女が階段を下りる足音が聞こえなくなるまで、その場に突っ立っていた。それから部屋には入らず廊下を戻り、階段を上った。

屋上に来るのは久しぶりだった。俺はフェンスまで歩いていって、見下ろしてみた。ちょうど俺がさっき自転車で帰ってきた道を走っていく初子ちゃんが見えた。白いTシャツに赤いショートパンツ。どことなく、体操着の小学生みたいだ。マジで走っている。いつから走りはじめたんだろう。

俺は自分でも意味不明の溜息《ためいき》を吐き、ソファに座ってMに電話をかけた。

「おはよう」

久しぶりに聞くMの声が耳に忍び込んできたとき、ソファの傍らに小さな鉢が置いてあることに俺は気づいた。黄色い小花がついているが、花の半分はすでに枯れている。

「どうしたの？」

「花が枯れてる」

Mは笑った。

「久しぶりなのに、それが第一声？」

俺も笑ったが、実際にはなぜだか泣きたいような気分になっていた。

「泣きそうだ」

それで、俺はそう言ってみた。

「甘えてるわね」

つめたい声になってMは言った。

「本当は泣きそうでも何でもないくせに」

俺はちょっとびっくりした。

「そうかな？」

「そうよ」

「そうだね」

Mの言うとおりであるような気がしてきて、少し気が晴れた。

「君は今、何してたの」

「あなたのことを考えてたわ」

「いやらしい気持ちで？」

Mはちょっと考えるふうな間を置いてから、

「恋しい気持ちで」

と囁《ささや》いた。

「嬉しいよ」

「嬉しがらせるのが私の役目だもの」

「あーあ」

と俺は拗《す》ねた声を出してみた。

「あなたは何をしてたの？　今まで。ずいぶん電話をくれなかったけど」

Mは俺の反応は黙殺して、そう聞いた。

「何してたのかなあ」

「あら。はぐらかすのね」

「本当にわからないんだよ」

「私のことは恋しく思ってなかったの？」

「それは、思ってたけど」

「なら、それでいいのよ。そうおっしゃい」

「君とやりたい、と思ってた」

「それでいいのよ」

「もう切るよ」

「ひどいひとね」

とりわけ色っぽくMは言った。それからいきなり自分から電話を切った。俺は「ひどいひとね」を胸に抱くようにして部屋に戻って、ベッドに入った。うとうとしかけた頃、初子ちゃんが戻ってきた気配があった。

姉は元気だ。

Mと話せて少し持ち直したとは言え、俺の調子はまだなんとなくぱっとしないのだが、ひきかえ姉はみょうに溌剌《はつらつ》としている。

「くーろい　ひーとみーの　わーかーもーのーがー」

いつもの鼻歌だが、哀調に満ちているはずのメロディーが、今日は行進曲みたいに聞こえる。実際、キッチンから出てきた姉は、行進じみた歩きかたで近づいてくる。穴を開けたゴミ袋から頭だけ出した、てるてる坊主みたいな格好で。

俺は床に新聞紙を敷いて待っていた。用意がいいわね感心感心と機嫌良く言いながら、姉は新聞紙の上にセットした椅子に座る。姉に呼び出されて、実家にいる。彼女の散髪は俺の役目なのだ。

「たまにはヘアサロン行けよ」

アイロン用の霧吹きで姉の髪を濡らしながら、俺は言った。これはまあ散髪開始の合図みたいなもので、いつもなら「それほどの髪じゃないし」ないしは「面倒くさくって」という答えが返ってくることになっている。

「そうしようかとも思ったんだけど」

だが、今日の姉はそう言った。

「あんたが切りたいんじゃないかと思って」

「べつに切りたかねえよ」

「あ、そうそう。私、来週の月曜日と火曜日休むから」

「はあ？」

姉の髪をブロック分けしてクリップで留めていく。友人の美容師からそのために数時間レクチャーを受けたこともあるので、姉の髪にかんしては俺はプロだ。

「沖縄行ってくるから、私」

「またかよ？」

「はじめてよ、沖縄は」

「韓国行ったばっかじゃん、この前」

「韓国は韓国。沖縄は沖縄」

「ていうか自由すぎない？　こないだみたいに日曜日に行って月曜日の昼に帰ってくればいいだろ。月火と俺ひとりってありえないんだけど」

手に持っている手鏡——母親が使っていた木製の枠の手鏡で、縁に「杏二参上」という、小学校三年生の俺の文字が釘《くぎ》で彫り込まれている、哀愁を誘うやつだ——の中で、姉はにんまり笑った。というか、自分のその表情が俺によく見えるように、鏡の位置を調節した。

「心配ない、心配ない」

「意味わかんねえ」

姉の髪は完璧なボブになった。「意味わかんねえ」以降、俺はヘアカットに集中したからだ。

俺は少々高をくくっていた――姉の沖縄行きはこの前のインドみたいなものだろうと。結局どこにも行かないか、沖縄より近いところで一泊して、月曜日にはしれっと店に出てくるのだろうと。

ところが姉は本当に月曜日と火曜日、店に出てこなかった。かわりに父親が来た。

父親は店の前に立っていた。左手に紙袋を提《さ》げている。

「よう」

自転車を停めた俺に向かって、右手を挙げた。

「ほら」

と、さらに紙袋を掲げてみせた。

「なに？」

俺はついそう聞いてしまった。無視するか、追い返す言葉を吐くつもりだったのに。

「見ろ見ろ」

父親が紙袋から取り出したのは、エプロンだった。まだタグがついている、黒いギャルソンエプロンだ。それを見たとたん俺は脱力感に見舞われて、黙って店に入った。

「いい店じゃないか」

俺のあとから入ってきた父親は、はじめて来たわけでもないのに、物珍しそうに店内を見回して、もっともらしい口調で言う。

「何しに来たんだよ？」

店の外でまずこれを言うべきだったと思いながら俺は言った。

「これこれ」

父親は得意げにエプロンを身につけた。背が低いので胸元から足首までがエプロンに覆われて海苔《のり》巻きみたいな格好になる。

「偲から聞いてない？　今日と明日と、俺が手伝うから」

「いらねえよ」

「いらなかないでしょう」

何が「でしょう」だ。俺が無視を決め込むと、父親は表に出ていった。

「くーろーい　ひーとーみーの　ふんふふふふーん」

窓の外から鼻歌が聞こえてくる。横目で窺うと、外を掃いているらしい。しゃれた真似《まね》してくれるじゃねえか。俺は胸の中で姉に向かって毒づく。母親の葬式で俺が殴って以来、俺たちの前に顔を見せなくなった父親と、姉がこっそり連絡を取り合っているらしいことは何となく察していた。こういうことを企んでいたわけか。この時点で俺は、姉が沖縄

（もしくはもう少し近いどこか）に行ったのは、俺と父親の仲を修復するためだったのかと考えていた。

俺は父親をいないものと見なすことにして、自分の仕事に集中することに努めた。しかしどうにも集中しがたいうえ――庭を掃き終わった父親は窓を拭き、今は入口横の植え込みの前に屈み込んで何かやっている――、やはり俺ひとりでは手が回りきらなくて、焦りはじめたところに父親が入ってきた。さて、何をするかな。心得顔にそう言うので、ついサラダの下拵《したごしら》えを頼んでしまった。

「わーたーしーの　こーこーろーを　ふふふふふふーん」

それで俺が少しは落ち着くかといえばもちろんそんなことはない。トマトソースを仕込みながら、ついちらちらと父親のほうを振り返ってしまう。俺の背後で、やつは今ボローニャハムを細かい角切りにしているところだ。作業を頼むとき、「きっちり丁寧にやってくれよ」と言おうとしてなんとなくやめたのだが、言わなくてよかったと思う。父親は、定規を当てているかのごとく、まったくきっちり丁寧にやっている。はっきり言って、姉よりうまい。

こういう男なんだよなと、俺は思う。旨《うま》いものが好きで、旨いものを作るのが好きで、好きなことにはびっくりするほど熱心に、いっそ誠実になる。その点に関しては、自分が父親似であることを俺は認めざるを得ない。

しかし絶対に似てないぞと思うのは、殴られてからずっと関係を絶っていた息子のところにひょっこりあらわれ、まるで何事もなかったかのようにふるまえるようなところだ。というかこの俺の心理状態に対して、その見事なまでの自然体はなんなんだ。そもそも殴ったのも、ずっとほったらかしで最期のときにすら会いに来なかった妻の葬式にひょっこりあらわれ、泣き崩れるでも詫《わ》びるでもなく淡々と弔問客に挨拶なんかしてることが頭にきたからだった。この件に関しての姉のコメントは、「あんたはほんっとマザコンね」というものだったのだが。

「ほいできた。どんなサラダになるんだ、これ？」

昨日も一昨日もここで手伝っていたみたいな口調で父親は聞き、「米のサラダ」とぶっきらぼうに答える俺はまるでガキだという構図になってしまう。

「お客さんに素性を聞かれたらさ、古い知り合いだとかなんとか、適当にごまかしてくれよ」

営業前に俺は父親に言った。

「なんで」

「いや、親子だっていうと、面倒くさいじゃん。あれこれ聞かれるだろうし」

「聞かれたって俺はべつにいいよ。ほんとに親子なんだから」

「俺が面倒くさいんだよ」

「ふーん。じゃあ、まあ、いいよ」

その夜、最初に店にあらわれたのは、沙世ちゃんと石橋さんカップルだった。おやという顔でふたりは父親を見、石橋さんが「新しいスタッフの方?」と聞くと、「杏二の父です」と父親はさくっと答えた。しばらくの間俺の口は半開きのままになる。

「えーお父さん? すっげー」

石橋さんと父親の取り合わせは最悪だと思う。

「えー、なんでなんで? なんでお父さん、ここにいるんですか。偲さんはどうしたんですか」

「いろいろありましてねえ」

父親は余裕の笑みでそれだけ言うと、質問を遮断するように黒板を体の前に掲げた。本日のメニューを書いたのも彼で、文字の配置も申し分なく、周囲には蔦《つた》みたいな模様まで描き込んである。

「今日はぜひともフレッシュポルチーニのオーブン焼きを食べていただきたいですなあ」

俺が教えたわけでもないのに、そんなことを言っている。

「私、生のポルチーニって食べたことないなあ」

沙世ちゃんが応じると、

「食べたことないものは食べてみなくっちゃ」

とかなんとか言っている。石橋さんのひゃはははーという笑い声が、俺からさらに気力を奪った。

その夜、俺は冴《さ》えなかった。というか父親が冴えきっていた。俺はちょっと感心もした。というのは、俺が女好きであること、好きこそものの上手なれであることは自他ともに認める事実なわけだが、そういう男を客観視する機会が、今夜だったからだ。

父親はまったく愉《たの》しげに女たちに——今夜は沙世ちゃんのほかに、女だけのグループが二組来た——接していた。男性客にもそつなく応対していたが、女たちに向かうときにはまさに生き生きとしていた。そうして女たちは易々《やすやす》と彼にたらされ、女たちがたらされるほどに、父親は活力を得ていく。まさに「水を得た魚」というやつだ。ああ、この男を生かしているのは女なんだ。俺はしみじみとそう思った。

アンチョビパン粉のパスタは沙世ちゃんカップルのオーダーだった。アンチョビと大蒜《にんにく》とパン粉をオリーブオイルで炒めたものを絡めただけのシンプルなパスタだが、飽きない味で、俺の好物でもある。

「へえー。こういうのははじめて食ったなあ」

「おいしいねえ」

ふたりにも好評だ。ニコニコしながらその様子を見ていた父親がぱっと俺のほうを振り向いて「なあ杏二」と言った。

「この料理は、昔、俺が考えたんじゃなかったっけか？」

「ちげーよ」

するとなぜか店中に笑いが起きた。「かわいいー」とか言う声まで聞こえてくる。まったく調子がくるう。

父親が完璧に美しく切り揃《そろ》えたボローニャハム、キュウリ、ピーマンなどを茹《ゆ》でた米と混ぜ合わせ、俺はインサラータ・ディ・リーゾ（米のサラダ）を仕上げる。父親がまた何か言ったらしく、再び笑い声が上がる。俺が皿をカウンターの上に置くと、気配に気づいて父親は笑顔のまま振り返った。

瞬間、俺はずきんとした。どうしてだかわからない。女に向ける父親の笑顔が、あまりにもあかるすぎたからかもしれない。あかるすぎ、軽すぎたからかもしれない。俺と彼はやっぱり似ている、とどうしようもなく感じたせいかもしれない。


その日、俺は最近としては早い時間に家に戻った。

店がはねたあと飲みに行かなかったからだ。女たちと一緒にバーへ繰り出していったのは父親で、俺も誘われたが、仕入れがどうとか適当な言い訳をして断った。この上父親と一緒に過ごすなんて冗談じゃない。俺はぐったり疲れた気分でドアを開けた。

部屋の灯《あか》りもエアコンもついたままだったが、初子ちゃんの姿はすぐには見あたらなかった。俺の部屋はワンルームで、ベッドは観葉植物の鉢を三つ並べた向こうにある。そっと覗《のぞ》くと初子ちゃんは夏掛けにくるまって眠っていた。俺は気づいた——帰ってくるたびに初子ちゃんがまだいるかどうか心配になるというのは、俺が苦手なことのひとつだ、と。だが、まあ、彼女はいた。そのことでほっとしていいのか苛立《いらだ》っていいのかわからないまま、俺はシャワーを浴び、素っ裸でベッドに近づいた。ベッドの端に腰掛けて、初子ちゃんの顔にそっと顔を寄せる。俺は赤ん坊の匂いというのを嗅《か》いだことはないが、きっとこれに近いんだろうな、と思える匂いがした。

自分が動物の赤ん坊になったみたいに、初子ちゃんの頬に鼻先を押しつけた。そのまま唇にキスしようとしたら、初子ちゃんが薄目を開けた。いい匂い、と呟《つぶや》いたから、俺はちょっと笑った。

「俺も？」

「ん？」

「俺も赤ん坊の匂い？」

「んー、どうかな。赤ん坊に詳しくないし」

再び目を閉じながら初子ちゃんは言う。気が合うね、と俺は言った。

「何が？」

「何でもない」

俺は鼻先で初子ちゃんの瞼《まぶた》をなぞり、それからあらためてキスをした。初子ちゃんの唇が反応すると、俺のペニスも反応した。そのまま彼女に覆い被《かぶ》さる。反応のいいペニスを持っていてよかったなと俺は思う。あるいは、この世にセックスがあってよかったなと言うべきか。

生殖目的のそれを俺は試みたことはないが、その目的がなくてもセックスできる生き物で本当によかった。もしもこの世にセックスがなかったら、俺は夜の大半を途方に暮れて過ごすことになっていただろう。

水曜日の朝、目を覚ますと初子ちゃんがいなかった。

きっとまた走ってるんだろうと思ったが、昼近くなっても戻ってこなかった。

初子ちゃんの荷物はまだ以前のままに置いてある。玄関のドアには鍵がかかっていた。ということは初子ちゃんは自分の意思で外に出て、鍵をかけてから出かけたのだろう。まあ、そういうこともあるだろう。何か用事ができたのだろう。俺はそう思うことにした。

携帯電話が鳴り出して、びくびくしながら手に取ると松崎さんからだった。これから昼飯を食べに来てほしい、いい、という。おかしな誘いかただなと思いながら行くことにした。家で初子ちゃんを待っているよりはましに違いないからだ。

松崎さんの家に向かいながら、初子ちゃんを探す。

じつのところ俺はあきらめている。見つかりっこないよなと思いながら探す。ふっと、俺は今どこにいるんだろう、と思う。初子ちゃんを探しながら、自分を探しているような気分になっている。今まで何をしていたのかわからない、とMに言ったことを思い出す。実際のところ、俺は今まで何をしていて、どこにいたんだろうという疑問が、目眩《めまい》のように俺を見舞う。炎天下、ダンシングで坂道を上っていく俺と自転車が、ホログラムであるような感覚。本当の俺はどこにいるのか。

松崎さんの部屋の前に着くと、そこでも俺は、間違った場所に来たような気分になる。ああそうか、ずっと部屋の前に置いてあった段ボール箱がないからだ、と気がついた。ということはもうリコちゃんの家に運び込まれたのか。あるいは引越しが中止になったのか。中止になってればいいのになと思いながら呼び鈴を押すとドアが開き、松崎さんの体の向こうに、積み上げられた段ボール箱の山が見えた。さらにその間には姉までがいた。

「いつ帰ってきたの?」

昨日の夜遅くだと姉は答えた。

「沖縄、行ったの? ほんとに?」

行ったに決まってるでしょうと姉は答えた。

「なんで姉ちゃんここにいるの?」

お昼ごはんを食べるからよと姉は答えた。

「いや、だからさ……」

俺が言いたかったのは、実際のところ姉がここにいるのは俺同様に松崎さんから誘われたからに違いないが、俺が来るまでは密室でふたりきりという状況でその落ち着きはなんなんだ、その、妙に馴染《なじ》んだ感じの、今までの松崎さんの前での様子とはまったく違う雰囲気の態度はなんなんだ、ということだった。

姉がエプロン姿であることにも、違和感があった。新品の胸あてつきエプロンで、どうやら父親のギャルソンエプロンと同じ店で買ったものらしい。

「おーい杏二、ちょっと手伝えー」

松崎さんから呼ばれた。なんか今の呼びかたも今までとちょっと雰囲気違うよなあ、と思いながら俺はキッチンへ向かった。松崎さんはオーブンからホイルの包みを取り出しているところだった。ポルチーニですか。うん、今朝届くように手配しておいたんだ。そんなやりとりをしながら、皿に盛る。

「偲さんが食べたいって言うからさ」

「はあ」

いつ、どこで姉は彼にそう言ったんだと思いながら俺が間の抜けた返事をすると、松崎さんはエヘヘヘと、チーズが溶けるような笑いを唇に浮かべた。

「段ボールの数、増えてますよね」

「エへへへ」

「引越し、進行してるんですか」

「エへへへ」

「ていうか……」

俺はその先を言わなかったが、松崎さんは勝手に再度「エへへへ」と笑った。この時点で俺には、ある程度の予想がついていた。後から考えると、あくまで「ある程度」だったのだが。

ワインはチンクェ・テッレの2008年。皿の上のホイルを開けると、大蒜とローズマリーを添えたポルチーニの香りがたちのぼる。

生のポルチーニは、松茸《まつたけ》をちょっとずんぐりさせたような形をしている。そっとナイフを入れ、口に運ぶ。さくりとした歯ごたえとともに、肉を思わせる濃いエキスが口中に溢《あふ》れる。このエキスをできるだけ逃がさないように蒸し焼きするのがポイントで、松崎さんの焼きかたは俺以上に絶妙だった。そして俺の向かいに並んで座っているふたりが醸《かも》し出している雰囲気は、ポルチーニの味以上に濃厚だった。

「いったいいつからそういうことになったんですか」

ポルチーニを平らげると、俺は聞いた。エへへへ、ではなく、ウフフフ、と姉が笑った。

まあ待て。松崎さんは重々しくそう言って、席を立った。

「うわっ」

俺は思わず声を上げてしまう。松崎さんが恭《うやうや》しく運んできた大皿から、巨大な伊勢エビの頭が俺を見下ろしていたからだ。伊勢エビの周りには車エビやアワビやムール貝などが賑《にぎ》やかに盛りつけられている。カッポン・マーグロ。ジェノバのあるリグーリア州の魚介のサラダだ。

「ご、豪勢っすね。昼間っから」

エヘヘへ、ウフフフと、ふたりは笑った。一気に結婚の報告でもするつもりなんだろうか。

「杏ちゃん、俺さ、沖縄に行くことにしたから」

サラダを取り分けながら松崎さんが言った。魚介類とともに、ジャガイモ、アボカド、アーティチョーク、ズッキーニ、トマトなどの野菜がふんだんに入っている。

「え、松崎さんも、沖縄ですか。ていうか何で」

「杏ちゃん、私も行くのよ」

姉が言った。幾分申し訳なさそうな微笑みを浮かべている。

「え、また行くの？　帰ってきたばっかりじゃないの？」

「ふたりで行くんだ」

「ふたりで行くのよ」

姉と松崎さんの声が重なり、ふたりは顔を見合わせて微笑み合った。エヘヘヘ。ウフフフ。

「俺たち、沖縄で暮らすことにしたから」

決めの科白《せりふ》は、松崎さんが吐いた。

那覇《なは》市内に古くからあるイタリアンレストランのシェフとその妻が、引退するのだそうだ。

後を引き継いでほしいと、松崎さんはずいぶん前から頼まれていたらしい。引き受ける決心をした。ついては姉も連れていく。そういうことになったらしい。先日の沖縄にはもちろんふたりで行ってきて、住む場所を決めたのだそうだ。小さいけれども店に近く、海が見える賃貸アパート。今住んでるマンションを売るならもっと広いところを買えるんじゃないかと聞いてみたら、売った金はリコちゃんに渡すのだという。

俺は自転車を漕《こ》ぐ。いったん自分の家に戻ってから、店に向かっている。さっき松崎さんの家に向かっているときよりもなお、雲の上を漕いでいるような心地がする。ワインのせいではないだろう――軽い酔いはもう醒《さ》めている。いろんな感情が俺の中で渦巻いていて制御できない感じなのだが、強引にまとめてみれば、まあ嬉しいんだろうな、と思える。

松崎さんは姉を幸せにできる男だし、姉が幸せになることは俺の望みだ。姉にはいつも、さっきみたいにウフフと笑っていてほしい。

その一方で、取り残された感覚がある。姉が松崎さんと一緒に、ひどく遠くへ行ってしまったような感覚。沖縄までの地理的な距離とは無関係だし、いわゆるシスターコンプレックスというやつでもない。姉がいなくなるのは痛手だが、それはおおむね、俺自身ではなく〝アモーレ〟の営業にとって、という意味でのことだ。ただ、俺が孤独を感じているのは間違いない。姉と松崎さんが、それだけじゃなく俺以外の男や女が、俺をひとり残して去っていってしまったような感覚。俺はそこに向かって自転車を走らせている。だが決してたどり着けない。そのことを俺はもう知っている。

〝アモーレ〟の前には初子ちゃんが立っていた。その姿を目にしたとたん、今朝からずっと探していたにもかかわらず俺はなぜかくるりと向きを変えて逃げたくなった。

「やあ」

俺は微笑み、片手を挙げる。逃げないとすれば、そうするしかない。

「久しぶりだね」

「うん、久しぶり」

初子ちゃんは笑顔を見せる。この子の笑顔はとびきりかわいい。

「私も沖縄に行くことにしたの」

「えっ」

「松崎さんと偲さんのお店で働かせてもらうことにしたの」

「そうなんだ」

なるほどそういうことかと俺は思う。松崎さんと姉が、自分たちの計画を話し終わってもまだ何か含みがあるような態度だった理由が、これでわかった。

「俺ひとり仲間はずれだったんだなあ」

「そうじゃないよ。私が決めたのはほんの少し前だし」

「ほんの少し前?」

「うん」

そのほんの少しの間に、俺は初子ちゃんとセックス以外に何をしたんだろうなと考えた。何をして、何を喋ったのだろう。杏二さん、と初子ちゃんが言った。

「今までいろいろありがとう」

「いや全然。俺も楽しかったし」

「楽しかった?」

「うん」

初子ちゃんが俺を見つめる。よかったな、と俺は言おうと思った。沖縄、正解だよ。あのふたりのところで働くなら安心だし。ストーカー野郎も沖縄までは追ってこないだろうし。

そうした言葉が浮かんできたが、なぜか口が動かなかった。俺はそんなことを言いたいわけではないのだと思った。じゃあ、かわりに何を言えばいいのだろう？　俺はその言葉を考えなかった。

「じゃあ、もう行くね」

とてもかわいい笑顔のまま、初子ちゃんが言う。

「あ」

と俺は言った。

「店で飯、食ってけば」

どうにかそれだけが言葉になった。しかし初子ちゃんは首を振った。

「これから部屋に戻って、荷造りするから。鍵はポストから中に入れておくね」

「そっか」

と俺は言った。

「じゃあ、さよなら」

「うん、さよなら」

初子ちゃんは俺に背中を向けると、駆けだした。なかなかいいフォームでスピードもあった。朝のランニングはこのためだったのか、なんてことを俺は考えてみた。初子ちゃんはピンクのちょうちん袖のブラウスを着ていて、彼女が見えなくなっても、その色が残像のようにずっと俺の目の上に残っていた。

本日のメニュー 11

フレッシュポルチーニのカツレツ
ウニと夏トリュフのスパゲッティ
仔豚《こぶた》の丸焼き
メレンゲ菓子
アモーレの男

七年目のパーティをしようと言い出したのは弟だった。

まったく弟らしい思いつきで、私は即同意した。自分では、髪でも染めようかと考えていたのだが。

招待客は、七年前の結婚式に呼んだ人全員を呼ぼう、というのが弟の考えだった。私はこれには異を唱えた。七年間でつきあいが絶えた人のほうが多いし、連絡先ももう全員ぶんはわからなくなっているし。それにだいいち、やりすぎじゃない？と。そうだね、と弟は納得した。ちょっと安心したようでもあった。それで、招待するのは、私たちの両親と、稔《みのる》さんの両親とお姉さんだけにしよう、ということになった。

会場となる店も弟が探してきた。これもまた彼らしく、まずは薬局の同僚の、「享楽的な人」――というのは弟の言いかたで、世に言う「グルメな人」よりも信頼がおける場合に使うらしい――からおすすめの店を何店か挙げてもらい、そのあと自らネットで検索して一軒ずつチェックする、という綿密な方法で。青山にある四川《しせん》料理の店で、七人集まるのにちょうどいい個室があったそうだ。

「麻友《まゆ》ちゃんは絶対気に入ると思うよ」

その店について弟はそんなふうに言った。子供の頃のまま、彼は私を麻友ちゃんと呼び、私は彼を秋《あき》ちゃんと呼んでいる。秋彦《あきひこ》の秋だ。

「でも、稔さんは二の足を踏むような店だ」

弟がそう続けたので、私はちょっと笑った。

「それって重要なの？」

重要だ、と弟は頷いた。弟の容姿はラッコを思い起こさせる。薬局の近くの喫茶店で、小さなテーブルに姉と向き合ってナポリタンを食べている、黒縁眼鏡をかけたラッコ。かわいくてさびしげな生き物。

「稔さんじゃなくて麻友ちゃんのためのパーティだからね」

「それはそうだけど。ていうか、秋ちゃんはわりと稔さんのことがきらいだよね」

「わりとじゃなくてかなりきらいだよ」

「彼のせいじゃないのに」

「何があったにしたって、麻友ちゃんをこんな目に遭わせてるっていうのが、弟として許せないんだ」

弟が「遭わせてる」と現在形を使ったことに私は気づいたが、そのことは口にしなかった。

「それ、パーティで言っちゃだめよ」

笑いながら、そう言うにとどめた。

職場へ戻る弟と別れたあと、私は地下鉄に乗った。弟には、自分もこれからバイトが入っているからと言ったのだが、実際には今日はバイトはなくて、向かった先は原宿のヘアサロンだった。

パーティも開くが、髪も染めることにしたのだ。案内されて鏡の前に座って自分の姿を眺めたら、染めるだけじゃなく切りたくなった。このサロンのオーナーでもあり私の担当でもある河本《こうもと》さんにその希望を伝えた。

「いいねえ」

というのが、河本さんの反応だった。髪型を思いっきり変える理由を聞かれたり心配されたりしなくてすむのはありがたい。河本さんには稔さんのことは話していない。

腰まであった私の髪に、河本さんはざくりと鋏《はさみ》を入れた。床に落ちた髪の毛が作る模様を、私は眺めた。平日の昼間だからか気温が高すぎるからか、私のほかにはふたりしか客がいない。有線放送でロックが流れている。この局は懐メロ専門で、今かかっているのは「キラー・クイーン」だ。

「順調、ですか」

私の耳があらわになったタイミングで、いつも聞くことを河本さんは聞いた。産婦人科医を思わせる聞きかただ。美容師としては年配で、おそらく五十歳は超えているだろうことや、でっぷり太った体型も、そのイメージに寄与している。

順調です、と私は答えた。

「困ったことはありませんか」

「ありません」

河本さんは稔さんのことを知らないけれど、かわりに私の弟が知らないことを知っているのだ。

河本さんの鋏がリズミカルに動き、耳に続いて頭のかたちがあらわになった。自分が頭の小さい女だったことを、久しぶりに思い出した。頭のかたちがきれいだね、とそういえば稔さんはよく言っていた。

庭に出ていた大家さんは、私を見て目をまるくした。

もっと何か言われるかしらと思ったが、そのまま凍りついたようになっているので、私は「こんにちは」とニッコリ会釈《えしやく》して、通りすぎた。三歩ほど歩いたところで、うしろから肩をたたかれた。

「あらまあ」

「あの、ね。とっても素敵よ。その髪型。お色も素敵。あかるくて」

大家さんは白髪の上品な老未亡人だ。それだけ私に伝えるために、頬を赤くしている。私はさっきよりも深く、心から微笑んで、「ありがとうございます」と言った。

母屋の庭から離れへ通じる小道には、今は黄色いヘリオプシスと、薄ピンク色のガウラが咲いている。旺盛に繁って道に張り出しているので、踏まないように気をつけて歩く。花の名前はここに越してきてから、大家さんに教わって飛躍的に覚えた。

離れは元は、住み込みのお手伝いさんの住居として建てられたものらしい。そのあと大家さんの子供たちの勉強部屋になったり、大家さんのご主人の「趣味の部屋」になったりしたそうだが、二年ほど前から私が借りて住んでいる。「お勝手」というほうが似合うような四畳半のキッチンと、六畳間と続きのなぜか二畳間。あとは小さなお風呂場とトイレ。その前までは高層マンションのワンルームに住んでいた。私は引越しが好きだ——というより、どうしても引越ししなければならないような衝動に、不規則に、突発的に見舞われる。ここにもどのくらいいるのかわからないけれど、弟は気に入っているようだ。麻友ちゃんがこういう家に住みたくなったっていうのはいいことだ、と言っていた。

私は家に入ると、真っ先に鏡の前へ行った。鏡は廊下の突き当たりにある。この廊下は母屋と離れを繋《つな》ぐものだが、向こう側から板でふさがれて通行できないようになっていて、その板のこちら側に、大きな姿見が吊《つる》してある。私が吊したわけじゃなくて最初からあった。そして大家さんから「この鏡は絶対に移動させないでね」と言われている。理由はわからないけれど――わからないから――私は言いつけを守っている。ちなみに弟にはこの話はしていない。動揺するに決まっているからだ（九十パーセントの確率で、引っ越せ、と言うだろう）。

そこには窓がなくて昼でも暗いので、私は鏡の上にライトを取り付けている。それを点《つ》けて、あたらしい自分の姿をあらためてじっくりと眺めた。ベリーショートにした髪は金色に染めた。似合うねえ、すごくかっこよくなりましたねと、河本さんやほかの美容師さんたちが誉《ほ》めてくれたのはまあ当然として、実際のところどうなのかよくわからない。派手なイメージチェンジには違いないのだが、髪の量が減ったのと色が明るくなったせいで、存在感が薄くなったような感じもする。消える寸前のマッチみたいな。

私はずいぶん長い間そこにいたらしい。電話の音で我に返った。携帯電話ではなく部屋に引いた電話のベルの音なので、「仕事」が入ったのだとわかる。私は鏡の中の自分を今一度見つめ、それから六畳間へ戻って、電話を取った。

「もしもし」

「会いたかったよ、M」

「あらまあ」

私はさっきの大家さんの声色を真似てみた。かわいくて、ちょっと色っぽい「あらまあ」だったから。

笑い声が聞こえてきた。「小太郎《こたろう》」と名乗る、私は心ひそかに、小学校のときの音楽教師をイメージしている、声の感じからすると四十歳くらいのお馴染みさんだ。陽気なひとで、よく笑う。

「新機軸だね」

「そうなの」

「ほかにも何か用意してるの」

「ふふふ。いろいろ」

私はちゃぶ台にもたれて脚を伸ばした。床の間に置いてある鏡に全身が映るように。その鏡は自分で置いた。河本さんから指示されたわけではないけれど、自分の姿を見ながらのほうが仕事がしやすいから。これが私の本業なのだ。

ベリーショートの金髪の自分に、もうすっかり見慣れている——いっそ倦《う》んでいる——

ことに私は気づいた。

ヘアサロンの経営と「テレフォンガールズ」の、どちらが河本さんの本業なのかはわからない。どちらも本業と答えるのかもしれないし、どちらも本業ではないのかもしれないし。

とにかく彼は、ヘアサロンの客だった私を、「テレフォンガールズ」にスカウトしたのだった。

どうして私に声をかけたのか聞いたことがある。

「あなたはうまくやれるとわかったからさ」

というのが彼の答えだった。

「あなたは引き受けるだろうと思ったから」

とも言った。本業にしても副業にしても、彼がプロフェッショナルであるのは間違いない。あの頃はまだ真っ黒でたっぷりと長かった私の髪に細かく鋏を入れながら、彼が私にそのことを囁きかけたのは、稔さんが失踪してから二年目の春だった。

稔さんと私は高校時代から交際をはじめて、それぞれの大学を卒業してから二年後に婚約した。失踪したのは結婚式の三日前だった。翌日になって見つかったのは彼のロードバイクだけで、それは彼が夜や早朝に走るルートの途中の、竹林の中に倒れていた。自転車には車にぶつかった跡があったので、推測されたのは轢《ひ》き逃げで、本人は轢いた者に連れ去られたのではないかと警察のひとは言った。運がよければどこかの病院で見つかるかもしれないが、運が悪い場合もある、と。それきり歳月だけが経った。

行方不明者の生存が七年間確認されないと家族は、「失踪宣告」を申請することができる。法律的に、死亡したものと見なされるのだ。申請するのかどうかはまだわからなかったけれど、とにかく七年というのは、稔さんにかんしてひとつの節目には違いない。

それで、パーティ。パーティのことで、弟は怒っていた。怒っていたのだが、それを伝えに来た日は、彼は私の金髪ベリーショートをはじめて見た日でもあったので、動揺しながら怒る、という複雑なことになっていた。その日も私は弟の職場の近くまで出かけて、私たちはとんかつ屋さんにいたのだが、弟はとんかつを見下ろしながら怒った――私を直視しがたかったのだろう。

稔さんの両親もうちの両親も、パーティへの出席を断ってきたのだと言う。「パーティなど非常識である」というのがうちの両親の見解だった。そして母が、「向こうのご両親にそんな話をしちゃだめよ」と付け加えたそうだが、その時点ですでに弟は稔さんの両親から返事をもらっていた。その日、彼らはあいにく用事があるそうだ。弟が言うとおり、見え透いた言い訳だと私も思ったが、興味深いことでもあった――稔さんの家族がそんなふうに私との再会を避けるというのは。もちろんそのことは、弟には言わなかったが。

「いいわよ。ふたりだけでパーティしましょう」

「うん。最初からそうするべきだった」

弟は意を決したように私をまっすぐに見て、いいね、その髪、と言った。全然いいねと思っていない表情だったが。食べ終わり、私たちは立ち上がった。今日もこの近くでバイト？　と弟が聞いたので私は頷いた。その日は実際そのあと、銀座でデモンストレーターの仕事が入っていた。私はときどき本当にバイトをしているのだ。それだけで生活がなり立つはずもないのだが、弟を言いくるめる役には立っている。

個室を使うには人数が少なくなってしまったので、弟はあらためてべつの店を予約してくれた。

今度は私への前情報はいっさいなかった。目黒の駅前で待ち合わせして一緒に行くことになった。そうして当日、その店に着いてみると、ドアの上の鉄製のプレートに切り抜かれていた店名が「AMORE」だったので、私は笑った。

「笑わせたかったんだ」

と弟は言った。

「悪くないわね」

「いずれにしても愛《アモーレ》だ」

と弟はわかりにくくまとめて——たぶん本人もよくわかっていないだろう——、ドアを開けた。小さな店だった。いらっしゃいませ、と私たちを出迎えたのは、小柄な老人だった。黒いギャルソンエプロン姿が恵方《えほう》巻きみたいに見えたけれど、このひとがシェフなら今夜はおいしいものが食べられそうだ、と私は予感した。私には弟のような情報収集能力はないけれど、弟よりは「享楽的」なので、そういう予感はよく当たる。

——が、その老人はシェフではなかった。私たちが窓際の席に案内されてすぐ、厨房の奥から若い男が出てきて「いらっしゃい」と私たちに呼びかけた。そのとき私は三つのことに気がついた。シェフはこの青年であること。私たちはやっぱり、今夜おいしいものを食べられるであろうこと。そうして、私はこの青年を知っている、ということ。

「いいお店ね」

と私は弟に言う。私にはわかっても、シェフにはわからないだろう、という確信があるけれど、それでも幾分声を潜める。ざっと見たところ十席に満たない椅子はほぼ客で埋まっていて、賑やかな笑い声なども上がっているので、弟に顔をくっつけるように話していても違和感はないだろう。

「ここも〝享楽的なひと〟に教わったの？」

「自力だよ自力。ていうかグルメサイトでたまたま目に入ったんだけど、店名が気に入ったからレビューを読んでさ……」

弟も声を潜めて喋った。そのサイトでのこの店の評価はおおむね高かったのだが、数件微妙なレビューがあったらしい。それらがすべてシェフの人格を難じているもので、有り体に言えば彼が女たらしだと言っていて、でもそれを読んだら逆に、「旨そうだなって。あと、なんか俺たちのパーティにぴったりの店だなって」と弟は思ったそうだ。

「秋ちゃんにしては上出来」

「い、いしてはってなんだよ」

そこで老人がランブルスコのグラス——今日はお祝いだということを弟が言ったら、老人からすすめられた——を運んできたので、私たちは口を閉ざした。

「乾杯」

ルビー色の液体が入ったグラスをかざす。それぞれ一口ずつ飲んでから、黒板のメニューを見て、食べるものを選んだ。フレッシュポルチーニのカツレツ（私がポルチーニに、弟がカツレツに反応した）、ウニと夏トリュフのスパゲッティ（ふたりで夏トリュフに反応した）。メインはどうしようかと相談していたら、シェフから声がかかった。

「仔豚焼いてるんですけどいかがですか」

「仔豚？」

私は思わず声を発してしまった。シェフがじっと私を見る。電話越しの声や口調で、きっと女の子にもてるんだろうなと想像していたけれど、実際のところ外見だけでももてそうな青年だった。そして想像していたよりも少し明るい感じだった。営業中だからかもしれないけれど。

「今夜はお祝いだとうかがったので……。こちらのお客様にもお祝い事があって、仔豚をローストしてるんですけど、ゆうに十人前はありますので、よろしければ……」

私たちはそれを頼むことにした。シェフに告げると、反対側のカウンターに座っている人たちがこちらを見て、男性がワイングラスを掲げてみせた。お祝い事があるというのは彼ららしい。

姿勢を戻すと、シェフがまだ私を見ていたのでどきっとした。ばれるはずはない、と思いながら見返すと、「いかしてますね、その髪」と彼は言った。弟がカウンターの下で私の足を蹴《け》った——やっぱりどういう意味なのかよくわからなかったが。

それから私と弟は途方に暮れた。

メニューを選び終わったら、なんだか何を喋っていいかわからなくなってしまったのだ。相手が何か言うのを期待してお互いにちらちら窺い合っていたが、結局弟が、

「七年経ったね」

と言った。

「ほんとにね」

と私は応じた。それだけ？　という目で弟は私を見た。

「七年って、蟬《せみ》が地中にいる歳月だよな」

「長いって意味？　短いって意味？」

「長いって意味だよ」

弟は憤然と断言したが、でも、蟬にとってはたいして長い時間ではないだろう、と私は考えた。だってずうっと土の中にいるんだもの。眠っているようなものだ。そして私の七年も蟬と似たようなものだった、と思った。

蟬化していたとすれば、それは稔さんの失踪二年目からのことだった。というのはつまり「テレフォンガール」になってからのことでもある。でも、それなら――と、私は思い直した。私はミンミン鳴いていたということにはならないだろうか。電話の向こうの、顔の見えない男たちに向かって。私は土の中に潜ったままミンミン鳴いていた、ということだろうか。

「七年目のご感想をお願いします」

私が黙り込んでしまったことに業を煮やしたらしい弟が、拳をマイクみたいに私のほうに向けてそう聞いた。

「今年こそ結婚したいと思っています」

「はあ？　なーんだそれ？　全然心こもってない。とりあえず言ってみました感まんまん」

そこでポルチーニが運ばれてきたので、私たちは食べることに集中した。私は（たぶん弟も）生のポルチーニを食べるのははじめてだ。茸《きのこ》をまるごとにパン粉をつけてフライにしただけのものだったが、おいしかった。半分くらい食べたら添えられたレモンをしぼってみようと思いながら、結局そのまま食べ終わってしまった。とても豊かな味だったから。稔さんに食べさせてあげたいと思った。彼は無類の食いしん坊で、私が享楽的になったのは彼の影響だ。おいしいものを食べるたび、稔さんがこれを食べたらどんな反応をするだろう、と考えてしまう。この七年間、ずっとそうだった。それはつまり、テレフォンガールをはじめた後もずっと、ということだ。この意味を――本当の意味を、弟が知ったら口をあんぐりと開けるだろう。私は自分をばかだと思う。でも、どうしようもない。七年前、私の前からぷつりと消えてしまう以前の稔さんは、私の中で冷凍保存されていて溶けることはない。あるいは消えてしまったから、溶けないのかもしれない。

ほとんど言葉を発しないまま、私と弟は次に運ばれてきたパスタも食べた。ウニにはほんのり火が通っていて、その甘さと、黒トリュフの香りの取り合わせは素敵だった。私は弟にそう伝えた。うん、と弟は言った。いいお店を見つけたわね。うん。私より弟のほうがなぜか喋らなくなってしまった。

それで、私の耳には、店内のほかの客たちの声が届いた——というか、意識的に耳を澄ませたのかもしれない、そんなふうに他人に興味を持つというのは、私としてはめずらしいことだったけれど。何しろ狭い店だし、今夜そこにいる人たちは小気味いいくらい誰もがはばかりなく声を上げるので、私は間もなくいくつかのことを知った。たとえば、反対側のカウンターのひとたちの「お祝い事」というのは、さっきグラスを掲げた男性の「栄転」であること。その男性の名前は「イシバシさん」であること。しかしイシバシさんの栄転というのは、赴任地がロンドンであるため、今夜は送別会でもあって、そのグループ——イシバシさん、その隣の「サヨちゃん」と呼ばれている若い女性、その隣の若い男性——の中で、別離をいちばん悲しんでいるのはイシバシさん本人であること。

それからさらに、そういう別離がこの店ではつい最近もあって、「シノブさん」ほか数名が、沖縄に行ったらしいこと。そのうちの何人か、あるいは全員が、シェフと深い関係にあるひとだったらしいこと。そのことに関してのシェフの反応は「薄すぎ」だと周囲は思っていること。恵方巻きの老人はシェフの父親で、どうやら彼は最近この店のスタッフとしてデビューしたらしいのだが、今や「キョウちゃんより人気者」であること。しかし客たちが嬉しげにそう言うときには、「キョウちゃん」への親しみが滲《にじ》みだしていること。そして、そう——シェフは「キョウちゃん」と呼ばれていること。

私は最後のパスタをフォークに巻き取りながら、あらためて「キョウちゃん」を眺めた。

そのとき彼はオーブンのほうを向いて作業中で、だからこそ私は無遠慮に見ることができたわけだが、なぜか私の頭に浮かんだのは「彼の目から見た私自身」の姿だった。Mと名乗り、掠《かす》れた声で欲情を煽《あお》る女の実体。もちろん彼は、私がMであることに気づいてなどいない。私は彼の意識を借りて、自分の姿を見たのかもしれない。七年目の私を。私はふいに、私はこの女をはじめて見る、と感じた。

歓声が上がり、私と弟は振り返った。シェフがオーブンから取り出した仔豚を掲げてみせている。丸ごとではなく、脚が二本ついたお尻の部分。オレンジや赤青の唐辛子のような野菜をあしらってある。皮がこんがり焼けていて、とてつもなくいい匂いがする。仔豚はいったん厨房に引っ込んで、間もなく、切り分けたものを老人が運んできた。

「ふんふんふんふーん、ふんふんふんふんふん」

皿を捧げ持ってハミングしている。おっ、出た！　とイシバシさんが合いの手のように声を上げた。あれって〝黒い瞳〟のメロディだよな。だね。私と弟は小声で囁き合う。

「ふんふんふんふん、ふふーん」

曲の終わりにタイミングをぴったり合わせて、老人は仔豚の皿を私たちの前に置いた。

「こいつは旨いですよ」

そう言って、老人はにやりと笑う。

「今夜はなんのお祝いですか」

私と弟は顔を見合わせ、七……とか、七年……とか、ぼそぼそ言った。

「なんにせよ、おめでとうございます」

老人は、それが答えであるというふうに朗らかに言い放つと立ち去っていった。視線を感じて顔を上げると、シェフが気遣わしげにこちらを見ていた。ノープロブレム、と伝えるために私は微笑む。

私と弟は再び黙って、仔豚を平らげることに集中した。ぱりぱりの皮と、とろりとやわらかい肉。咀嚼《そしやく》するとうっとりした。

デザート——私は桃のソルベ、弟はメレンゲ菓子（メレンゲと生クリームを重ねたケーキ）——まで食べたので、すっかり満腹になり、ランブルスコのあと赤ワインを一本空けたので適度に酔っ払いもして、私と弟は店を出た。

「ごちそうさま。ありがとう」

弟はそうすると言い張って、支払いを全部持ってくれた。

「ありがとうとか、言うなよ」

弟は俯《うつむ》いたままだったしへんな声だったので、照れているのかと思ったのだが、驚いたことに泣いていた。

「ごめんね、麻友ちゃん」

「どうしたの？　なんで泣いてるの？」

私はびっくりして聞いた。

「俺、もっといっぱい喋るつもりだったのに」

「それが泣いてる理由？」

弟は肩をふるわせた。嗚咽《おえつ》が大きくなる。

「俺、もっといろんなこと言うつもりだったのに。七年も経ったのに。ま、ま、麻友ちゃんは……」

「たかが七年じゃない」

私は弟を遮って、彼の肩をぽんぽんとたたいた。なんで私が慰める側にまわってるかなあ、と思いながら。

「結婚式の三日前に消えるなんて。そのまま七年なんて。そういうの、だめだ。そんな目に遭うなんて。そんな目に遭うのに、麻友ちゃんは向いてない。ま、ま、麻友ちゃんは」

「はいはい、わかったから。もう帰ろう。遥《はるか》さんと花《はな》ちゃんによろしく伝えて」

遥さんというのは弟の妻で、花ちゃんというのは五歳になる弟の娘だ。私には何も起きなかった七年の間に、弟はふたりも家族を作ったのだった。彼女らは、弟の方針によって、私の件からは完璧に蚊帳の外ではあるのだが。

「は、遥。は、花」
弟を落ち着かせるのにさらにしばらくかかった。その間、私たちはずっと「アモーレ」の前の道ばたに突っ立っていた。弟の肩越しに、シェフが不審げにこちらを窺っているのが見えた。

家に帰り着いたのは午後十時過ぎだった。母屋の窓にひとつだけぽつんと電気が点いている。老未亡人は本でも読んでいるのか、お茶でも飲んでいるのか、それとも何もしていないのか。ぼんやり考えながら、私は離れ専用に取り付けられている郵便ポストをたしかめた。今日辺り来る頃だと思っていた封筒が、やはり届いていた。

家に入り、キッチンで麦茶を一杯飲み、シンクにもたれて封筒を開けた。いつもとまったく変わりなかった。封筒は素っ気ない茶封筒で、差出人の名前はなく、消印は鳥取だった。前回の消印は鹿児島だったが、投函《とうかん》した場所が毎回変わることは変わらない。封筒の中には一万円札が五枚。手紙もメモもない。それも同じ。お金は、いちばん最初は十万円入っていたのだが、あるときから八万円になり、去年から五万円になった。このことがあらわしているのが、送り主の経済状態なのかそれとも心理状態なのかは私には知る由もない。

この封筒は五年前から毎月届くようになった。つまりそれは私がテレフォンガールをはじめた年で、もしも封筒が届いていなかったら、テレフォンガールにはならなかったかもしれない。私の宛名を記している筆跡は稔さんのものだった。最初の封筒を受け取ったとき、私はあまり驚かなかった。欠けていた最後のピースがカチリとはまったような感じだった。失踪する前の数ヶ月間、彼の様子はおかしかった。私に対してひどくつめたくなったり、そうかと思うとべたべたとまとわりつくようだったり。彼が悩んでいること——私との結婚について、あるいは彼の人生そのものについて——を、私は察していたのだ。でも、私は彼と結婚したかったし、結婚すればなんとかなる、と思っていた。稔さん同様に、私も若かったし、何もわかっていなかった。

こうしたことを、私は誰にも話していない。もちろん弟にも。七年目の感想なんて、だから言えるわけはないのだ。でも、もしかしたら弟は、何か気づいているのかもしれない。さっきの彼の涙を思い出して、私はふとそう思った。

稔さんのお金、あるいは気持ちが尽きて、もしも封筒が届かなくなったら、私はどう感じるだろう。ときどき、そのことを考える。悲しくなるのだろうか。あるいはそのときこそ怒りくるうのだろうか。わからない。そもそも封筒の意味がわからないのだから。毎月届くこれはなんなのか。愛だろうか。そうだとしても、私には愛のこともよくわからない。

その夜、私は眠らなかった。予感とともに待っていた。電話が鳴ったのは午前四時少し前だった。

「起こしちゃったかな」

と男が言う。シェフであり、キョウちゃんと呼ばれている男。アモーレの男。

「あなたを待ってたわ」

と私は囁く。含み笑いが聞こえる。どんな顔で笑っているのかがもう私にはわかる。

「今日、泣いている男を見たんだ」

と男は言う。そう――男だ。私はアモーレの男の姿を、「男」という観念の中に落とし込み、拡散させる。あるいはただの「アモーレ」にする。

解説

俵万智

久しぶりにリストランテアモーレを覗《のぞ》いてみたら、あいかわらずシェフはイケメンだし、そのお姉さんは感じよくまっすぐだし、女たちはシェフにかまってほしくてソワソワしている。店の客という立場は、とりあえず大切に扱われるわけで、その安全地帯にいる限りは気分よくいられるはずなのに、どうして彼女たちはそれ以上を求めてしまうんだろう……なんてことを考えつつ、黒板に書かれたメニューに目をやれば、そこに連なる文字だけでうっとりするような美味《おい》しそうなものが並んでいた。これでこそアモーレ。やるじゃないか、と嬉《うれ》しくなる。

好きな小説が心に一つ増えることは、好きな店を一つ増やすことと似ている。『リストランテ アモーレ』の場合、まさにお店が舞台だから、これは比喩《ひゆ》としてはシンプルすぎる感想かもしれないが、何か月ぶりかに本書を読み返してみて実感した。この本の扉をめくることは、この店の扉を開けることと同義なのだ、と。

午後じゅうアモーレの世界に浸っていた私は、ちょっと気の利いたものが食べたくなって、冷凍庫を点検する。先週友だちをよんだときに食べきれなかった宮崎牛のカルビを発見。これをササっと焼いてわさび醬油《じょうゆ》を添えよう。ホースラディッシュがあれば、さらにいいけど、そこは自分ひとりのために深追いはしない。

なくてもいいものにこだわる週末を探してやまぬホースラディッシュ

昔、こんな短歌を作ったことを、ふと思い出す。あの恋愛自体が、ホースラディッシュみたいなものだったのかも。

つけあわせは旬《しゅん》のグリーンアスパラを、最近ハマっている味噌《みそ》マヨで。味噌は友人の手作り、マヨネーズはいただきもの。青い瓶に入ったタマゴ感たっぷりの高級なマヨだ。キノコも何種類か冷凍してあるので、ニンニク炒《いた》めにする。思いついて味噌マヨを隠し味に投入してみたら、いい感じにコクが出た。

ふだん一人では、あまり開けないけど、宮崎牛に敬意を表して今日はだんぜん赤ワインにする。スペインの、まあまあ渋いやつ。リーデルのでっかいグラスに注《つ》ぐと、二割増しくらい美味しくなる。

読者のかたには、どうでもいい個人情報だが、この春から息子が寮に入ってしまったので、日常はほぼ一人暮らしだ。夜はビールを飲みながら、そのへんのものをササっと炒めて終りというような毎日。いや、今日だって、肉とキノコをササっと炒めただけかもしれないが、まあ私にしてはマシな夕飯になった。『リストランテ アモーレ』を手にしたおかげで。

井上荒野さんの小説を読むと、いつも思うのだが、こういう（小説を読む）時間を人生からなくしたくないな、と感じる。その点については、以前自分が書いた書評のなかで、けっこううまいこと言っているので、ちょこっと引用させてもらおう。

「要するに美味しいものを食べているときの幸福感とそれは似ている」

たいしてうまくもないか……と書き写しながら思いましたが、つまりただカロリーを摂《と》るという意味での食事をしていたのでは、人生つまらない。目先の損得などとは関係なく、その時間そのものが心を潤してくれるのが、美味しい食事であり、すてきな小説だ。

『リストランテ アモーレ』の書評は、自分からすすんでネットで書いたものだったが、荒野さんご本人の目にもとまり「リコさんの残念さにも触れてくれたのが嬉しかった」という感想までいただいた。そのリコさんのくだりを、再びちょこっと引用します。

「逆に言うと、リコというすごい美人が、食べることへの関心の低さを見せる場面があるのだが、その残念な感じ。たぶん小説を読まない人生の味気なさとは、ああいうものなのだろう。」

アモーレにまで来て、ピクルス（しかもミョウガ無視）と水で腹を満たすなど、ありえない暴挙。つまりこの人にとって、食事とはカロリーを摂取すべきものですらなく、「カロリーを摂取した結果スタイルが悪くなってしまう可能性のある忌むべきもの」の域なのだろう。

もちろん、人生で何を大事に感じるかは、人それぞれなので、何を残念に感じるかも、人それぞれではある。高校で教師をしていたとき、ものすごくおしゃれな同僚がいて、「うわー、そんないい服着て学校に来たら、袖口《そでぐち》がチョークで真っ白になっちゃうじゃん！大丈夫？」といつもハラハラしたし、時には口に出しても言った。すると彼女は、こう答えたのだ。

「だって、人生で服が着られる回数って決まっているでしょ。私はその一回も、無駄にはしたくない」

これって、食いしん坊の私たちが、まずいもので腹を満たさざるを得ないときに感じる「損した感」と同じことなのだろう。洋服では理解できないので、食事に置き換えて、ようやく腑《ふ》に落ちた。私など、ヨレヨレの服のまま、知っている人に会わずに一日を過ごせたりすると、なぜか「得した！」という気持ちになる（うっかり知っている人に会ったときは落ちこみつつ反省する）。

車のデザインをしている人と、どういうわけだか対談することになり「車って、私にとっては単なる移動手段なんですよね」と言ったとたん相手が怒りだし「そういう人は公共の交通機関で移動してください！」と睨《にら》まれたことも、あったっけ。ファッション界や車のデザイン界では、私もリコ的存在なのだろう。

かように、普段は忘れていたあんなことやこんなことを、芋づる式に思い出させてくれる。これもまた小説の不思議な力のひとつだ。

人生で何を大事に思うかは人それぞれだが、それがあまりに異なると、恋愛はうまくいかない、という真実もいっぽうにある。松崎さんをめぐる人間模様は、静かにそのことを教えてくれてもいるようだ。

ところで、本書に登場する美味しそうなものの数々のなかで、一つだけ実際に食べられるとしたら、あなたは何を注文するだろうか？

私なら（ここで、さんざん迷うわけだが）フレッシュポルチーニのカツレツを注文しようと思う。本書に何度か登場する、生のポルチーニ。私が初めて、このキノコの名前を知った三十年ほど前の日本では、乾燥したポルチーニでさえ、なかなか手に入れられなかった（あるところには、あったのかもしれないが）。あれはあれで、干し椎茸《しいたけ》みたいに、もどし汁がダシになるので重宝したけれど。

カツレツは、キノコが添えものや引き立て役ではなく、堂々たる主役だ。「半分くらい食べたら添えられたレモンをしぼってみようと思いながら、結局そのまま食べ終わってしまった。」という一文で、これ、ほんとうに美味しそうだなと思った。揚げ物は、途中でサッパリさせたくなったり、味に変化を求めてみたくなりがちだが、そういう気持ちにさせないどころか、予定を変更してそのまま食べきってしまうくらいの美味しさだったというわけだ。こういうさりげない描写で、いつのまにか読者に美味の疑似体験をさせてくれるところが、荒野シェフの腕前。以前、『キャベツ炒めに捧ぐ』という小説を読んで、こんな短歌を作ったこともある。

行間に煮汁が染みているような井上荒野の料理小説

『リストランテ アモーレ』の行間には、ワインの香りが、染みこんでいる。

（たわら・まち／歌人）

本書は、二〇一五年四月に小社より単行本として刊行されました。

ハルキ文庫

い 19-2

リストランテ アモーレ

著者　井上荒野《いのうえあれの》

2016年8月18日第一刷発行

発行者　角川春樹

発行所　株式会社角川春樹事務所
〒102-0074 東京都千代田区九段南2-1-30 イタリア文化会館

電話　03(3263)5247(編集)
03(3263)5881(営業)

印刷・製本　中央精版印刷株式会社

フォーマット・デザイン　芦澤泰偉
表紙イラストレーション　門坂 流

ISBN978-4-7584-4022-6 C0193 ©2016 Areno Inoue Printed in Japan
http://www.kadokawaharuki.co.jp/[営業]
fanmail@kadokawaharuki.co.jp[編集]　ご意見・ご感想をお寄せください。

JASRAC 出 1608407-601

井上荒野

キャベツ炒めに捧ぐ

ハルキ文庫

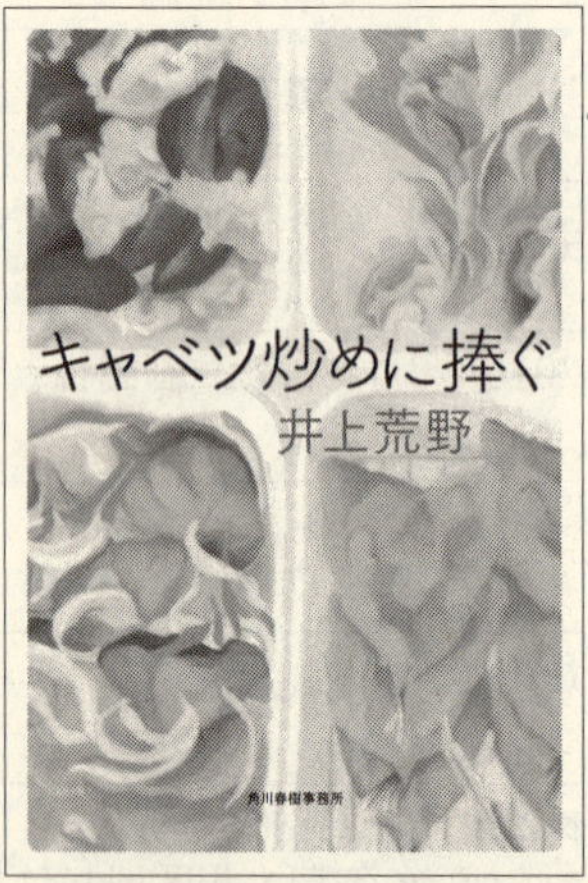

「コロッケ」「キャベツ炒め」「豆ごはん」
「鰺フライ」「白菜とリンゴとチーズと胡桃のサラダ」
「ひじき煮」「茸の混ぜごはん」
……東京の私鉄沿線のささやかな商店街にある
「ここ家」のお惣菜は、とびっきり美味しい。
にぎやかなオーナーの江子に、
むっつりの麻津子と内省的な郁子、
大人の事情をたっぷり抱えた3人で切り盛りしている。
彼女たちの愛しい人生を、幸福な記憶を、切ない想いを、
季節の食べ物とともに描いた話題作。
（解説・平松洋子）